Jork Steffen Negelen

LANDSER IM WELTKRIEG

Wacht am Rhein – Deutsche Kampfgruppen in der
letzten deutschen Grossoffensive im Westen

EK-2 Militär

Über die Reihe

Landser im Weltkrieg

Jeder Band dieser Romanreihe erzählt eine fiktionale Geschichte, die vor dem Hintergrund realer Ereignisse und Schlachten im Zweiten Weltkrieg spielt. Im Zentrum der Geschichte steht das Schicksal deutscher Soldaten.

Wir lehnen Krieg und Gewalt ab. Kriege im Allgemeinen und der Zweite Weltkrieg im Besonderen haben unsägliches Leid über Millionen von Menschen gebracht.

Deutsche Soldaten beteiligten sich im Zweiten Weltkrieg an fürchterlichen Verbrechen. Deutsche Soldaten waren aber auch Opfer und Leittragende dieses Konfliktes. Längst nicht jeder ist als glühender Nationalsozialist und Anhänger des Hitler-Regimes in den Kampf gezogen – im Gegenteil hätten Millionen von Deutschen gerne auf die Entbehrungen, den Hunger, die Angst und die seelischen und körperlichen Wunden verzichtet. Sie wünschten sich ein »normales« Leben, einen zivilen Beruf, eine Familie, statt an den Kriegsfronten ums Überleben kämpfen zu müssen. Die Grenzerfahrung des Krieges war für die Erlebnisgeneration epochal und letztlich zog die Mehrheit ihre Motivation aus dem Glauben, durch ihren Einsatz Freunde, Familie und Heimat zu schützen.

Prof. Dr. Sönke Neitzel bescheinigt den deutschen Streitkräften in seinem Buch »Deutsche Krieger« einen bemerkenswerten Zusammenhalt, der bis zum Untergang 1945 weitgehend aufrechterhalten werden konnte. Anhänger des Regimes als auch politisch Indifferente und Gegner der NS-Politik wurden im Kampf zu Schicksalsgemeinschaften zusammengeschweißt.

Genau diese Schicksalsgemeinschaften nimmt »Landser im Weltkrieg« in den Blick.

Bei den Romanen aus dieser Reihe handelt es sich um gut recherchierte Werke der Unterhaltungsliteratur, mit denen wir uns der Lebenswirklichkeit des Landsers an der Front annähern. Auf diese Weise gelingt es uns hoffentlich, die Weltkriegsgeneration besser zu verstehen und aus ihren Fehlern, aber auch aus ihrer Erfahrung zu lernen.

Nun wünschen wir Ihnen viel Lesevergnügen mit dem vorliegenden Werk.

Ihre Zufriedenheit ist unser Ziel!

Liebe Leser, liebe Leserinnen,

zunächst möchten wir uns herzlich bei Ihnen dafür bedanken, dass Sie dieses Buch erworben haben. Wir sind ein kleines Familienunternehmen aus Duisburg und freuen uns riesig über jeden einzelnen Verkauf!

Unser wichtigstes Anliegen ist es, Ihnen ein angenehmes Leseerlebnis zu bieten.

Damit uns dies gelingt, sind wir sehr an Ihrer Meinung interessiert. Haben Sie Anregungen für uns? Verbesserungsvorschläge? Kritik?

Schreiben Sie uns gerne: info@ek2-publishing.com

Nun wünschen wir Ihnen ein angenehmes Lese-erlebnis!

Heiko und Jill von EK-2 Militär

Wacht am Rhein

Prolog

In den letzten Tagen hatte der nahende Winter immer stärker seine eisigen Winde in die dichten Wälder der Ardennen entsandt. Ab und zu schneite es und oben in den Bergen hatte sich die weiße Pracht des Schnees wie eine dicke Decke über den Wald gelegt.

Den Soldaten der Wehrmacht, die schon seit einiger Zeit mitten im Gebirge ihre Stellungen halten mussten, war nicht wohl bei dem Gedanken, dass es bald Weihnachten war und sie in dieser einsamen Gegend die Feiertage verbringen mussten. Sie hofften wohl, dass die Front weiterhin ruhig bleiben würde. Nichts deutete auf eine Veränderung der Lage hin.

Der Himmel war voller Wolken, sodass die Flugzeuge der Briten und Amerikaner nicht fliegen konnten. Hinter der Front gab es jedoch auf der deutschen Seite seit einigen Tagen ein hektisches Treiben. Außerdem kamen immer wieder Offiziere bei dem Generalstab der 05. Panzerarmee von General Hasso von Manteuffel an.

Einer dieser Offiziere war Sturmbannführer Giesbert Angerfeld. Er kam direkt aus Berlin zum Hauptquartier des Generals. Von Manteuffel war nicht gerade begeistert, als der Sturmbannführer bei ihm eintraf. Der SS-Offizier schlug die Hacken zusammen. Das hörte sich beinah wie ein Knall an. Gleichzeitig riss er den rechten Arm zum Gruß hoch und brüllte sein unvermeidliches „Heil Hitler!"

Der General hob ebenfalls den rechten Arm, ohne sich von seinem Schreibtisch zu erheben. Angerfeld übergab ihm einen versiegelten Umschlag. Von Manteuffel öffnete ihn und zog einige Blätter heraus. Er las sich durch, was auf ihnen stand und sah dann erstaunt zu dem Sturmbannführer.

„Wir sollen also diesen Standartenführer Tassler aus einem sehr gut gesicherten früheren Luftwaffenlager herausholen?", fragte der General. Dabei sah er Angerfeld mit ernster Miene an.

„Der Herr Reichsführer Himmler hat das mit dem Führer und dem Oberkommando so besprochen", antwortete der Sturmbannführer. „Er hat Ihnen die Aufgabe zukommen lassen, für die Befreiung des Standartenführers zu sorgen. Ihre Truppen sind dem ehemaligen Gefangenenlager der Luftwaffe bei Sankt Vith am nächsten. Wir wissen bereits, dass in diesem Lager zurzeit amerikanische Verwundete behandelt werden. Außerdem dient es der US-Army als Versorgungsbasis und es wird für das Verhören von wichtigen Gefangenen genutzt. Ich selbst bin nur der Bote, der Ihnen den Befehl des Führers überbringt."

„Wissen Sie eigentlich, was das für eine Aufgabe ist?", stellte der General seine nächste Frage. „Dieses Lager wird auf jeden Fall hervorragend bewacht."

„Dass es kein Kinderspiel sein wird, ist mir bewusst", antwortete Angerfeld kalt lächelnd. „Wenn Sie eine Gruppe mutiger Männer haben, die Sie zu dem Lager bei Sankt Vith schicken, kann die Aktion unter Umständen ein Himmelfahrtskommando werden. Dieser Tatsache sind wir uns in Berlin bewusst. Der Herr Reichsführer will, dass Standartenführer Tassler lebend bei General Dietrich ankommt, wenn das möglich sein sollte. Doch es reicht ihm auch, wenn er tot ist. Die Hauptsache ist, dass er nicht lebend bei den Amerikanern bleibt. Es besteht die Möglichkeit, dass er über gewisse Dinge redet. Das muss auf jeden Fall verhindert werden. Sie verstehen mich doch richtig, Herr General?"

„Ja, natürlich verstehe ich Ihre Bedenken", antwortete von Manteuffel. „Tassler kennt unsere Pläne und wenn er verrät, dass wir eine Offensive in den Ardennen starten wollen, können wir alles vergessen. Dann ist die gesamte Vorbereitung gefährdet. In zwei Tagen soll es losgehen. Wenn wir angreifen und das Überraschungsmoment nicht auf unserer Seite haben, ist die gesamte Offensive gefährdet. Doch wen soll ich hinter die feindlichen Stellungen schicken?"

„Haben Sie für solche Aktionen nicht einen ganz bestimmten Leutnant, der sehr verwegen sein soll?", fragte der Sturmbannführer. „Ich glaube, er heißt Arthur Stahl. Schicken Sie ihn zu dem früheren Gefangenenlager. Meinetwegen kann er dort alles kurz und klein schlagen. Die Luftwaffe wird es bestimmt nicht mehr brauchen."

„Den können wir vergessen", antwortete der General. „Der wird in einer Stunde standrechtlich erschossen. Er hat leider einen Major verprügelt. Der liegt jetzt im Lazarett. Seine Nase und das linke Bein sind gebrochen. Und das alles nur wegen eines jungen Mädchens."

„Das ist sehr bedauerlich", meinte Angerfeld. „Gibt es keinen anderen Mann, dem Sie so eine schwierige Aufgabe zutrauen würden?"

„So schnell fällt mir kein Name ein", erklärte von Manteuffel. „Es gibt jedoch eine Möglichkeit, den Befehl des Führers auszuführen. Dazu müsste ich mit dem zuständigen Militärrichter und Leutnant Stahl sprechen."

Ein Anruf genügte und Oberst Bergman, der für den Fall von Leutnant Stahl zuständige Militärrichter, kam zu General von Manteuffel. Er war nicht sehr erfreut, als er erfuhr, dass er das Urteil gegen Arthur Stahl widerrufen sollte. Damit das überhaupt möglich war, sollte er sich irgendeinen Grund ausdenken. Die Hauptsache war, dass Stahl der Hinrichtung entkam und wieder als Leutnant und als Kommandeur einer Sondereinheit seinen Dienst antrat.

„Wenn es denn unbedingt sein soll, dann hebe ich das Urteil auf", brummte Bergmann reichlich verärgert. „Ich begründe das einfach mit der mangelnden Glaubwürdigkeit der Zeugen. Das dürfte der Wahrheit auch am nächsten kommen. In diesen stürmischen Zeiten brauchen wir sowieso jeden fähigen Mann. Doch wenn dieser Stahl irgendwann wieder einen Streit mit dem Major anfängt, sollte er besser aufpassen, dass kein Kamerad von der Feldgendarmerie in der Nähe ist."

„Ganz unschuldig ist Major Strecker aber auch nicht", erwiderte von Manteuffel. „Immerhin wollte er sich an einem Mädchen vergreifen, das hier aus der Gegend stammt. Sie soll erst fünfzehn Jahre alt sein. Für mich ist das ein unehrenhaftes Verhalten und somit eines deutschen Offiziers absolut unwürdig. Und wenn es nur nach mir gehen würde, müsste dieser Major vor Gericht stehen."

„Der Kerl sagte aus, dass dieses Mädchen ihn verführen wollte", meinte der Richter mit einem Seufzer. „Zwei seiner Kameraden haben das bestätigt. Doch das ist jetzt nicht mehr so wichtig.

Der Leutnant bekommt noch eine zweite Chance und ich habe meine Ruhe. Ich werde veranlassen, dass das Erschießungskommando in seiner Unterkunft bleibt."

Grinsend sah der Sturmbannführer dem Militärrichter hinterher, als der das Büro des Generals verließ. Dann sah er zu, wie von Manteuffel telefonierte. Er sorgte dafür, dass Stahl aus dem Gewahrsam der Feldgendarmerie entlassen und zu ihm gebracht wurde.

Als der Leutnant fünf Minuten später bei dem General im Büro ankam, wurde er von zwei Männern der Feldgendarmerie hereingeführt. Seine Uniform war an einigen Stellen zerrissen, die Rangabzeichen fehlten, und das Blut lief ihm von seinen aufgeplatzten Lippen auf die Uniformjacke. Er war mit Handschellen gefesselt, von denen eine Kette zu den Fußfesseln führte. Sein Anblick entsetzte den General sofort.

„Wer hat diesen Mann so zugerichtet?!", fragte von Manteuffel die beiden Feldgendarmen.

„Der Kerl ist immer noch verdammt aufsässig", antwortete einer der beiden Männer. „Er wollte vor wenigen Minuten einen Fluchtversuch wagen. Zwei unserer Kameraden sind jetzt beim Feldarzt. Da haben wir ihm Manieren beibringen müssen. Außerdem hat er unseren Major ..."

„Ich weiß, was der Leutnant getan hat", unterbrach von Manteuffel den Gendarmen. „Trotzdem haben Sie nicht das Recht, einen deutschen Offizier so zu behandeln. Außerdem mag ich es nicht besonders, wenn Feldgendarmen sich an einheimische Mädchen vergreifen. Ganz gleich, ob sie Offiziere sind oder nur einen Mannschaftsdienstgrad haben. Nehmen Sie jetzt Leutnant Stahl die Fesseln ab und dann verschwinden sie hier ganz schnell, bevor sich die SS um Sie kümmert."

Die beiden Feldgendarmen sahen den General und den Sturmbannführer erschrocken an. Mit einem Mal war ihnen klar, dass ihr Gefangener wieder frei war. Warum das so war, wussten sie nicht. Sie wollten auch nicht fragen. Dafür hatten sie vor dem General zu viel Respekt. So schnell es ging, befreiten sie Stahl von den Fesseln.

Angerfeld sah zu, wie sich die Feldgendarmen vorschriftsmäßig eilig zurückzogen. Dann bekam der Leutnant einen Stuhl, damit er sich setzen konnte. Erst jetzt atmete er erleichtert auf.

„Diese Feldgendarmen haben Sie ja ganz schön zugerichtet", sprach der Sturmbannführer zu dem Leutnant.

„Da sollten Sie sich mal die beiden Kerle ansehen, die mich aus der Zelle geholt haben", erklärte Stahl. „Ursprünglich waren es vier Männer, die mich hierherbringen sollten. Ich dachte zuerst, dass es jetzt mit der Hinrichtung losgeht. Da wollte ich noch einen letzten Versuch starten. Kein deutscher Soldat sollte sich ohne Gegenwehr standrechtlich erschießen lassen."

„Ich bin mir sicher, dass eine neue Uniform und ein guter Tropfen aus der Heimat Ihnen helfen werden", meinte Manteuffel mit einem vielsagenden Lächeln.

Er holte aus seinem Schreibtisch eine Flasche Weinbrand und drei Gläser. Eigentlich trank der General nur sehr selten alkoholische Getränke. Doch heute meinte er, dass dafür die richtige Gelegenheit gekommen war.

Nachdem die Gläser gelehrt waren, erklärte der Sturmbannführer, was Himmler und der Führer von ihm wollten. Der Leutnant hörte sich in aller Ruhe an, was Angerfeld ihm zu sagen hatte. Dabei betrachtete er den Rest des Weinbrandes, der sich noch im Glas befand.

Als der Sturmbannführer mit seinen Erklärungen fertig war, sah er erwartungsvoll zu Stahl. Der saß ganz ruhig auf seinem Stuhl und lächelte vor sich hin.

„Ich bin mir sicher, dass Sie genau verstanden haben, was der Herr Sturmbannführer Ihnen erklärt hat", sprach jetzt der General. „Trauen Sie sich zu, Standartenführer Tassler aus dem Lager zu holen?"

„Bisher war die Feindaufklärung mein Einsatzgebiet", antwortete Stahl. „Wenn ich das Kommando über meine Einheit zurückbekomme, sehe ich durchaus eine Chance, Tassler aus dem Lager zu holen. Sankt Vith ist nur ungefähr acht Kilometer hinter den feindlichen Stellungen. Einige abgekämpfte Kompanien der Amerikaner warten dort auf ihre Weihnachtspakete. Die glauben bestimmt, dass der Krieg bald vorbei ist. Da sehe ich gute Chancen für eine Rettungsmission."

„Sie sollten ihren Auftrag nicht auf die leichte Schulter nehmen", sprach von Manteuffel mit vorwurfsvoller Miene. „Sagen Sie uns, wie viele Männer Sie benötigen und welche Ausrüstung Sie haben wollen. Erst wenn Sie den Standartenführer bei uns abgeliefert haben, sind Sie vollkommen rehabilitiert. Ihr Urteil wurde aufgehoben, doch ich kann jeder Zeit dafür sorgen, dass es wieder in Kraft tritt. Sollten Sie mich dazu zwingen, kann Sie niemand mehr retten. Haben Sie mich verstanden, Herr Leutnant?"

„Ich habe Sie sehr gut verstanden, Herr General", antwortete Stahl. „Ich werde so bald wie möglich aufbrechen. Feldwebel Siel wird mich begleiten. Er ist ein ausgezeichneter Soldat und ein sehr guter Schütze. Wir werden zwei Scharfschützengewehre mitnehmen und eine Maschinenpistole für den Standartenführer. Genügend Proviant, einige Handgranaten und dazu Verbandsmaterial könnten auch nicht schaden."

„Und wen nehmen Sie außer dem Feldwebel noch mit?", fragte der Sturmbannführer erstaunt. „Sie werden doch sicher noch mehr Männer benötigen?"

„Meine Einheit besteht aus zehn Soldaten und meiner Person", antwortete Stahl. „Neun von ihnen werden dort warten, wo ich mit Siel zusammen die Front überquere. Wir müssen uns durch die amerikanischen Reihen schleichen. Da kann ich nicht so viele Männer mitnehmen. Der Feldwebel ist ein erfahrener Mann. Ihm vertraue ich mein Leben an. Heute Nacht starten wir die Aktion. Ich werde meine Männer darauf vorbereiten."

Das Verhör

Zwei Kilometer südlich von Sankt Vith befand sich das frühere Gefangenenlager der deutschen Luftwaffe. Das Lager gab es schon länger. Es diente der deutschen Luftwaffe auch als Depot für Waffen, Proviant und Treibstoff. Dort wurden britische und amerikanische Piloten verhört und eingesperrt. Kurz bevor die Amerikaner es eroberten, wurde es geräumt.

Ein Offizier der Waffen-SS befand sich jetzt in dem Lager. Er sollte von den Spezialisten des amerikanischen Militärgeheimdienstes verhört werden. Es waren eigentlich drei SS-Männer, die bei einem Gefecht in Gefangenschaft gerieten. Nur durch einen Zufall wurden sie nicht gleich getötet. Der Geheimdienst der Amerikaner brauchte unbedingt Informationen. Zwei von ihnen waren bei den ersten Verhören bereits gestorben.

Standartenführer Tassler und zwei SS-Soldaten waren den Amerikanern in die Hände gefallen, weil sie am Tag zuvor versucht hatten, einen ganz besonderen Auftrag auszuführen. Der SS-Oberst-Gruppenführer und Generaloberst der Waffen-SS Josef Dietrich hatte sie hinter die feindlichen Stellungen geschickt. Sie hatten das schon einmal getan. Doch jetzt waren die beiden SS-Soldaten tot und der Standartenführer saß allein in seiner Zelle. Wie sie gestorben waren, wusste er nicht.

Tassler saß auf einem wackligen Stuhl und wartete auf seine zweite Vernehmung. Ein Captain der amerikanischen Militärpolizei hatte ihn zuvor zwei Stunden lang befragt. Doch der Standartenführer hatte nicht ein einziges Wort gesagt. Er wusste sehr gut, dass in zwei Tagen eine Offensive begann, die ihn vielleicht retten konnte.

Mit seinem Schweigen hatte er allerdings die Neugierde eines Mannes geweckt, der in der amerikanischen Armee als Experte für Verhörtechniken galt. Er hielt nichts davon, Gefangene zu misshandeln, bis sie starben. Doch dafür hatte er andere Methoden.

Die Männer vom Militärgeheimdienst konnten sich denken, dass Tassler kein einfacher SS-Offizier war. Jetzt wollten sie wissen, was er wusste. Bisher hatte Tassler jedoch beharrlich geschwiegen und dafür jede Menge Schläge und Beschimpfungen erdulden müssen.

Die Zellentür wurde aufgeschlossen und zwei kräftige Soldaten traten ein. An ihren Helmen konnte man sehen, dass sie bei der Militärpolizei dienten. Deutlich war die Aufschrift „MP" zu sehen.

Der Standartenführer stand von dem Stuhl auf, der das einzige Möbelstück in der Zelle war. Einer der beiden Soldaten kam auf ihm zu. Er schlug ihm mit der Faust in Bauch, sodass dem Standartenführer die Luft wegblieb. Dann zerrten sie ihn aus der Zelle. Sie führten ihn zu einer anderen Zelle, die den Amerikanern als Vernehmungsraum diente. Auf dem Fußboden war noch das Blut seiner zwei Kameraden zu sehen.

Einige Minuten später wurde Tassler in ein Büro gebracht. Dort musste er sich vor einem Schreibtisch auf einen Stuhl setzen. Seine Hände wurden mit Handschellen an die Stuhllehnen gefesselt. Hinter dem Tisch saß ein Mann, der ihm scheinbar freundlich zulächelte. Die beiden Militärpolizisten standen hinter dem Standartenführer.

„Mein Name ist Aaron Rosenbach", sprach der Mann ganz freundlich zu Tassler. „Ich bin Major in der US-Army und darüber hinaus arbeite ich für das *Counter Intelligence Corps*. Meine Aufgabe ist die Befragung von gefangenen deutschen Offizieren. Und wie Sie sich bestimmt denken können, bin ich ein deutscher Jude. Ich wurde in Trier geboren und ich bin in den USA in die Armee eingetreten, weil ich helfen will, Deutschland von den Nazis zu befreien. Für mich sind Sie so ein Nazi und Ihre beiden Kameraden waren es ebenfalls. Leider hat mein Kollege, der Captain, nicht so viel Geduld wie ich. Deshalb haben Ihre beiden Scharführer die Vernehmungen nicht überlebt. Die wussten bestimmt auch nicht so viel wie Sie. Aus diesem Grund habe ich ihre Kameraden meinem Stellvertreter überlassen. Er hat sich sehr gut um sie gekümmert."

Mit einem Wink seiner rechten Hand forderte der Major die beiden Polizisten auf, das Büro zu verlassen. Dann sah er sich die Papiere an, die Tassler bei seiner Gefangennahme abgenommen wurden. Er las sich auch in aller Ruhe einen Brief durch, der ebenfalls bei ihm gefunden wurde. Scheinbar zufrieden legte er ihn auf seinen Schreibtisch.

„Wir wissen bereits, dass sie zur 6. Panzerarmee gehören", erklärte der Major. „General Dietrich ist der Kommandeur dieser Einheit. Seine Truppen stehen nordöstlich der Ardennen. Sie hatten hohe Verluste, als sie sich zurückziehen mussten."

Tassler sah den Mann an, der offenbar versuchte, ihn mit seiner Freundlichkeit zu einem Gespräch zu verleiten. Solche Gespräche hatte er früher selbst schon geführt. Nur saß er selbst damals hinter dem Schreibtisch. Der Name Aaron Rosenbach kam ihm aus irgendeinem Grund bekannt vor. War das der Mann, den er finden und töten sollte?

Der Major zog eine Schublade vom Schreibtisch auf und holte eine Pistole heraus. Er drehte und wendete sie in seinen Händen. Dabei betrachtete er sie. Dann legte er sie vor sich auf dem Schreibtisch ab. Der Standartenführer fragte sich, was er mit der Waffe vorhatte.

„Erkennen Sie diese Pistole wieder?", wollte Rosenbach wissen. „Sie wurde Ihnen abgenommen, als Sie versuchten, vor unseren Soldaten wegzulaufen. Zu Ihrem Glück war ein Mann von meiner CIC-Truppe dabei, als Sie von einem unserer Spähtrupps erwischt wurden. Man hätte Sie sonst sofort erschossen. Für gewöhnlich nehmen unsere Soldaten keine Angehörigen der SS gefangen. Jetzt stellt sich mir die Frage, warum wir Sie erwischt haben."

Rosenbach sah Tassler direkt in die Augen. Er wollte bei ihm eine Reaktion erkennen. Der Standartenführer zeigte jedoch nicht das kleinste Zucken. Deshalb nahm er die Pistole erneut in seine rechte Hand.

„Warum sind die meisten deutschen Offiziere ausgerechnet mit einer Luger P08 ausgerüstet worden?", fragte der Major so, als würde er nur mit sich selbst sprechen. „Es gibt so viele andere Pistolen auf der Welt. Doch jedes Mal, wenn wir einen Offizier von der SS gefangen nehmen, hat der eine Luger bei sich. Das finde ich erstaunlich. Dabei ist diese Waffe nicht immer sehr zuverlässig und für meine Hände ist sie ein wenig zu groß. Stimmen Sie mir zu, Herr Standartenführer?"

Jetzt zeigte Tassler doch eine Regung in seinem Gesicht. Er lächelte für einen kurzen Moment. Ihm war klar, dass der Major ihn nicht mehr lange so freundlich behandeln würde.

Nicht umsonst hatten ihn die Männer von der Militärpolizei die Hände an die Stuhllehnen gefesselt.

Der Stuhl bestand aus zusammengeschweißten Stahlrohren. Als Sitzfläche dienten Stahlbänder, die ineinander verflochten waren. Er war am Boden festgeschraubt, sodass er nicht bewegt werden konnte. Tassler hatte keine Chance, sich irgendwie zu wehren. Er war dem Mann, der hinter dem Schreibtisch saß und die Pistole betrachtete, hilflos ausgeliefert.

„Ich glaube, ich werde Ihre Pistole behalten", sprach Rosenbach weiter zu dem Standartenführer. „Sie ist in einem gepflegten Zustand und sie sieht noch recht neu aus. In Amerika kann ich mit ihr bei meinen Freunden viel Eindruck schinden. Sie wissen doch, wie das mit den Freunden so ist. Wer angibt, der hat mehr vom Leben. Und wenn ich meinen Freunden in Boston erzähle, dass ich einen deutschen Standartenführer mit seiner eigenen Dienstwaffe erschossen habe, weil er mir nicht erzählt hat, was ich von ihm wissen wollte, wird das Staunen bestimmt noch viel größer sein."

Tassler sah mit scheinbarer Gelassenheit zu dem Major. Er glaubte, dass ihn niemand erschießen würde, so lange er keine Fragen beantwortete. Vielleicht würde das Verhör noch lange andauern. Dieser Rosenbach konnte ihm Schmerzen zufügen, um ihn zum Reden zu bringen. Das hatte sein Stellvertreter schon vergeblich versucht. Der Standartenführer war fest entschlossen nicht ein einziges Wort zu sagen.

Rosenbach zog das Magazin aus dem Griff der Pistole. Dann sah er zu dem Gefangenen. Ein dämonisches Grinsen war in seinem Gesicht zu sehen. Irgendetwas hatte er mit der Waffe vor.

„Jetzt wollen wir doch mal sehen, ob sich noch eine Kugel in Ihrer Pistole befindet", sprach der Major so, als wäre er selbst sehr gespannt.

Mit der Luger zielte er auf die Brust von Tassler. Der saß völlig ruhig auf seinem Stuhl. Rosenbach konnte nicht erkennen, ober er Angst hatte oder irgendwie aufgeregt war. Er drückte ab und ein leises Klicken war zu hören. In der Luger befand sich keine weitere Kugel.

„Sie haben Glück gehabt", rief Rosenbach so, als würde er sich freuen. „Meine Eltern hatten da weniger Glück. Sie wurden kurz vor Beginn des Krieges in eines eurer Todeslager gebracht. Mich hatten sie vorher nach England geschickt. Dort habe ich mein Studium beenden können. Danach bin ich nach Amerika ausgewandert. Als der Krieg begann, trat ich in die US-Army ein. Viele Juden aus Deutschland taten das. Wir kennen das Land und die Sprache und wir wissen genau, wer unsere Feinde sind. Sie Herr Standartenführer Tassler – Sie gehören auf jeden Fall dazu. Deshalb kann ich Ihnen nicht garantieren, dass Sie den heutigen Tag überleben."

Rosenbach zog erneut die Schublade des Schreibtisches auf. Jetzt holte er eine kleine Tasche aus schwarzem Leder heraus. Er öffnete sie und entnahm ihr ein Fläschchen und eine Spritze. Der Standartenführer sah zu, wie der Major die Spritze mit der Flüssigkeit des Fläschchens aufzog. Er wurde nun doch etwas unruhig.

„Im letzten Jahrhundert haben einige indische Aufstände das britische Imperium erschüttert", erzählte Rosenbach immer noch ganz freundlich, während er aufstand, um sich mit der Spritze hinter Tassler zu stellen. „Als die Briten die Aufstände niederschlugen, fiel ihnen ein ganz besonderes Serum in die Hände. Man kann es mit dem Essen zu sich nehmen. Dann ist man gezwungen, die Wahrheit zu sagen."

Mit einem breiten Grinsen stand Rosenbach hinter dem Standartenführer. Er konnte jetzt beobachten, dass sein Gefangener immer unruhiger wurde. Sicherlich hatte er Angst, dass er etwas Wichtiges erzählen würde, ohne es zu wollen.

„In Amerika haben einige Forscher das Serum noch ein wenig verbessert", erzählte der Major weiter. „Es wirkt jetzt noch besser und man kann es mit einer Spritze verabreichen. Es ist nur ein kleiner Stich für einen dreckigen Nazi, wie Sie es sind und eine große Hilfe für ganz Amerika und alle anderen Alliierten. Glauben Sie mir, Herr Tassler. In zwei Minuten werden Sie singen wie eine Nachtigall. Dabei hätten Sie schon längst Ihr Gewissen erleichtern können. Doch so etwas habt ihr Nazis ja nicht. Oder doch? Gleich werden wir es wissen."

Obwohl sich der Standartenführer vor der Spritze fürchtete, kam für ihn der Stich doch überraschend schnell. Es tat nicht besonders weh. Der Major stand hinter Tassler und spritzte ihm das Serum in den Hals. Es breitete sich schnell in seinem Körper aus. Er spürte, wie sein Widerstand erlahmte. Sein Kopf fiel nach vorn und er verdrehte die Augen. Aus seinem Mund lief der Speichel.

Rosenbach betrachtete die Spritze in seiner rechten Hand. „Das war wohl etwas zu viel von dem guten Saft", flüsterte er vor sich hin. „Wer hätte gedacht, dass ein Mann, der so groß und so stark ist, so wenig verträgt. Morgen bekommt er die Hälfte davon, wenn er die Nacht überlebt."

Der Major griff zum Telefon. Die Militärpolizei sollte den Gefangenen in seine Zelle zurückbringen. Sie sollten ihm ein Feldbett, Essen und eine Kanne mit Wasser in der Zelle bereitstellen und ihn dann auf das Bett legen. Er wollte sich mit dem Gefangenen am nächsten Tag weiter unterhalten.

Nach dem Tassler abgeholt wurde, rief Rosenbach seinen Stellvertreter an. Er teilte ihm mit, dass das Serum etwas zu stark wirkte. Doch das wäre für ihn kein Problem. Bei der nächsten Vernehmung würde die halbe Dosis bestimmt genügen. Seiner Meinung nach war Tassler längst nicht so stark, wie er im ersten Augenblick aussah.

Das Sonderkommando

Seit einem Jahr war Heinz Siel bereits bei dem kleinen Sonderkommando von Leutnant Stahl. Als Feldwebel war er der zweithöchste Soldat in der kleinen Gruppe. Wenn es Streit gab, schlichtete er ihn, wenn das Essen nicht reichte, sorgte er für den Nachschub und wenn jemand bei einem Einsatz in Gefahr geriet, half er ihm sofort. Jetzt kümmerte er sich um seinen Vorgesetzten.

Stahl plante noch einen kleinen Racheakt, bevor er mit seinen Männern zur Frontlinie fuhr. Die beiden Feldgendarmen benötigten, seiner Meinung nach, noch dringend eine Abreibung. Der Feldwebel war entsetzt, als er hörte, was der Leutnant vorhatte.

„Das lassen Sie mal lieber bleiben", erklärte er sofort. „Diese Kerle verstehen keinen Spaß. Außerdem sollten Sie froh sein, dass Sie dem Erschießungskommando entkommen sind. So viel Schwein hat nicht jeder. Sollten Sie doch noch zu den Gendarmen gehen wollen, um die nächste Schlägerei anzufangen, werde ich Sie daran hindern. Sie wissen doch bestimmt noch, dass ich das kann."

„Na gut", gab der Leutnant nach. „Sie haben ja recht. Wir verschieben den kleinen Rachefeldzug auf später. Wenn dieser Major Strecker erfährt, dass ich nicht hingerichtet wurde, wird er sowieso nicht erfreut sein. Ich bin mir sicher, dass er sich etwas ausdenkt, um uns irgendwie zu schaden. Mal sehen, was das sein wird. Dieser Kerl ist verdammt hinterlistig."

Die Feldküche hatte an diesem Tag eine Erbsensuppe gekocht. Einer seiner Männer brachte Stahl eine Schüssel mit dem heißen Essen. Dazu gab es ein Stück Brot. Während er seine Ration aß, hörte er sich von Siel an, was in den letzten zwei Tagen alles geschehen war. Das meiste war ohnehin belanglos.

„Was ist eigentlich mit dem Mädchen geschehen, dass der Major vergewaltigen wollte?", fragte er den Feldwebel, nach dem er mit der Suppe und dem Brot fertig war.

„Die Kleine ist bei ihren Eltern auf dem Hof", antwortete Siel. „Wir haben ihnen gestern einige Büchsen mit Essen gebracht. Die Bauern, die hier in der Gegend ihre Höfe haben, wurden von unseren Requirierungskommandos vollkommen ausgeplündert. Die besitzen kein einziges Huhn mehr. Eine gottverdammte Schweinerei ist das. Und als ob das nicht schon schlimm genug wäre, kommt dann auch noch so ein Arschloch von der Feldgendarmerie und will über das einzige Kind der Familie herfallen. Den sollte man seinen kleinen ..."

„Ich weiß, was Sie meinen", unterbrach ihn Stahl. „Wir schneiden hier jedoch keine Schwänze ab – auch wenn sie noch so klein sind. Wir machen es beim nächsten Mal besser. Solche Schweine verdienen den Tod. Und wenn die Amerikaner diesen Major Strecker erwischen wollen, müssen sie auf jeden Fall schneller sein als wir."

„Genau so sehe ich das auch", stimmte Siel zu. „Wir müssen es nur so geschickt anstellen, sodass uns niemand was am Zeug flicken kann. Danach vergraben wir ihn irgendwo im Wald. Hier stehen ja genügend Bäume herum. Da wird sich schon ein passendes Örtchen finden, Herr Leutnant."

Stahl lächelte, als er hörte, was ihm der Feldwebel sagte. Er sah zu dem Zelteingang. Es wurde langsam dunkel. Für ihn und sein kleines Kommando war die Zeit zum Aufbruch gekommen. Mit einem Lkw mussten sie zu einer bestimmten Stelle der Front fahren.

Bis dorthin war es nicht weit. Seine Männer sammelten sich auf dem Fuhrpark bei ihrem Fahrzeug. Als der Leutnant und der Feldwebel zu ihnen kamen, war die Wiedersehensfreude groß. Nach der Begrüßung ging die Fahrt los. Siel saß hinter dem Lenkrad. Neben ihm saß Stahl. Die anderen neun Männer befanden sich hinten auf der Ladefläche.

„Wir fahren also wieder mal zu Hauptmann Kramers Kompanie, weil wir einen hohen SS-Mann aus einem Lager hinter der Front herausholen sollen", sprach Siel zu Stahl, als sie auf der Straße unterwegs waren, die zur Front führte. „Ist der Mann wirklich so wichtig, dass wir uns um ihn kümmern müssen? Ich spiele für die Stümper von der SS nur ungern das Kindermädchen."

„Wenn es nicht anders geht, knallen wir ihn einfach ab", antwortete der Leutnant. „Soviel ich weiß, ist er so eine Art Frontbeobachter der besonderen Sorte von diesem General Dietrich. Er kennt irgendwelche Pläne und deshalb darf er nicht bei den Amerikanern bleiben. Ich bin jedenfalls froh, dass es diesen Standartenführer Tassler gibt. Ohne ihn wäre ich jetzt tot. Dann hätte am Ende die Feldgendarmerie gewonnen."

„Das stimmt auf jeden Fall", meinte Siel. „Wenn die Amerikaner diesen Standartenführer nicht erwischt hätten, müssten wir uns jetzt mit einem neuen Leutnant anfreunden."

„Das glaube ich nicht", meinte Stahl. „Dann hätte man euch bestimmt in irgendwelche Kompanien verteilt. Verstärkung kann jede Einheit gebrauchen."

„Das Mädchen, das Sie gerettet haben, hat mir übrigens eine Geschichte erzählt", berichtete der Feldwebel. Dabei lächelte er, als würde er träumen. „Sie erzählte mir, dass die Bewohner der Ardennen früher glaubten, dass ihr Gebirge der Rücken eines schlafenden Riesen wäre. Der Wald wäre sein Fell, die Flüsse und die zahlreichen Bäche wären seine Adern und das Wasser, das in ihnen fließt, wäre sein Blut. Irgendwie gefällt mir diese Geschichte."

„Mir gefällt sie auch", sprach der Leutnant. „Und ich hoffe, dass das Blut des Riesen heute

Nacht nicht so kalt ist, wenn wir durch einen Bach laufen müssen. Ich hasse kalte Füße."

Zweihundert Meter vor den hinteren Stellungen der Front musste der Feldwebel anhalten. Ein Unteroffizier wollte den Marschbefehl sehen. Erst dann konnten Siel den Lkw neben einem Feldweg parken. Die Männer stiegen von der Ladefläche. Ab jetzt ging es zu Fuß weiter.

Fünfzehn Minuten später kamen sie bei der Stellung der Kompanie von Hauptmann Kramer an, der schon auf sie wartete. Von hier aus mussten Stahl und Siel allein weiter gehen. Ihre Truppe wünschte ihnen viel Erfolg und der Kompaniechef versprach ihnen, die feindlichen Stellungen nicht aus den Augen zulassen.

„Wenn wir in der nächsten Nacht Ihre rote Leuchtkugel sehen, wissen wir, was wir zu tun haben", erklärte er zum Schluss. „Wir werden hier auf sie warten."

Jetzt waren Stahl und Siel auf sich allein gestellt. Die Nacht war sehr schnell gekommen. Sie hielten ihre Gewehre schussbereit, als sie mitten durch den dichten Wald der Ardennen schlichen und sich den feindlichen Stellungen näherten. Stahl wusste selbst nicht warum, aber aus irgendeinem Grund musste er an die Geschichte mit dem Blut der Ardennen denken.

In der Gegend befanden sich mehrere kleine Bäche, von denen sich einige tief in den Waldboden eingegraben hatten. Die beiden Soldaten suchten einen dieser Bäche. Dort, wo der Boden weich genug war, hatte das Wasser einige tiefe Gräben im Wald hinterlassen. Für Stahl und Siel boten diese Gräben einen sehr guten Schutz. In der Nacht waren sie darin kaum zu erkennen. Schritt für Schritt schlichen sie durch einen Graben, in dessen Nähe sich rechts und links die feindlichen Stellungen befanden. Im Graben rauschte das Wasser des Baches an ihnen vorbei. Es war so kalt, wie es der Leutnant befürchtet hatte.

Damit niemand sie überraschen konnte, hatten die Amerikaner den Graben und den Bach mit Sprengfallen gesichert. Vorsichtig mussten Stahl und Siel diese Fallen umgehen. Sie sahen fast nichts und deshalb konnten sie sich nur sehr langsam vorantasten.

Nach über einer Stunde kamen sie aus dem Graben heraus. Sie atmeten erleichtert auf. Die Stellungen der Amerikaner hatten sie hinter sich gelassen. Jetzt mussten sie durch den Wald laufen und einen Weg zum Lager finden. In die Stadt Sankt Vith durften sie auf keinen Fall gehen. Dort sollten verdammt viele feindliche Soldaten stationiert sein.

Plötzlich blieb der Leutnant stehen. Er duckte sich und lauschte dem Plätschern des Wassers und dem leisen Rauschen der Bäume. Ein leichter Wind bewegte die Äste. Doch da war noch etwas anderes. Ganz leise waren Stimmen zu hören und der Geruch vom Rauch einer Zigarette lag in der Luft. Ohne jeden Zweifel waren amerikanische Soldaten in der Nähe.

Hinter Stahl und Siel raschelte ganz leise das Laub, welches der Schnee noch nicht bedeckt hatte. Dann war es wieder still. Die beiden Männer bewegten sich nicht mehr. Nur die schwarzen Silhouetten der Bäume waren zu sehen. Als sie sich vorsichtig weiter durch den Graben schleichen wollten, bemerkte Stahl einen Draht.

Er tastete ihn ab, bis er schließlich an einem Ende eine Handgranate entdeckte. Vorsichtig entfernte er den Draht von dem Sicherungsstift der Granate. Dann ging er weiter. Jeder Schritt, den sie gingen, konnte ihr letzter sein. Die Amerikaner hatten den Graben wirklich gut gesichert.

Auf einmal hielt Siel den Leutnant an seinem linken Ärmel fest. Der Geruch vom Rauch einer Zigarette war wieder zu riechen. Er lag deutlich in der Luft. Jetzt wussten sie ganz genau, dass sie nicht allein waren. Irgendwo in der Nähe mussten die Amerikaner sein.

Durch das Rauschen des Baches war nicht zu hören, wo sie sich genau befanden. Stahl fiel wieder die Geschichte vom Blut der Ardennen ein. Warum musste er ausgerechnet jetzt an sie denken? Er wusste es nicht.

Das leise Knacken eines Astes brachte ihn auf andere Gedanken. Es schärfte zusätzlich seine Sinne und er lauschte angestrengt in die Nacht hinein. Waren ihre Feinde jetzt schon auf sie aufmerksam geworden oder war nur eines der vielen kleinen Feldlager der Amerikaner in der Nähe?

Der Ausbruch

Das fahle Licht einer Laterne schien in die Zelle, als Tassler noch reichlich benommen die Augen öffnete. Er konnte sich nicht erinnern, wie er in diesen finsteren Raum gekommen war. Dann fiel ihm der Moment seiner Gefangennahme wieder ein. Er dachte auch an die beiden SS-Männer, die ihn bei seiner Aufgabe begleiteten. Sie hatten die Vernehmungen nicht überlebt.

Nur sehr langsam kehrten die Erinnerungen an die amerikanischen Soldaten zurück, die ihn in das Lager brachten und an den Major, der ihm eine Injektion gegeben hatte. Danach war es sehr schnell finster geworden.

Der Standartenführer hoffte, dass er nichts über die bevorstehende Offensive erzählt hatte. Das wäre nicht nur für ihn selbst eine Katastrophe gewesen. Was in den letzten Stunden geschehen war, konnte er nicht mehr ändern. Jetzt musste er einen Ausweg finden. Ihm war klar, dass er in dieser Zelle nicht länger bleiben konnte. Wenn nur nicht diese verdammten Kopfschmerzen wären. Sie erschwerten ihm das Denken.

Tassler trank einen großen Schluck Wasser aus der Kanne, die neben dem Feldbett auf einem Stuhl stand. Er aß das Brot auf, welches neben der Kanne lag. Dann versuchte er, sich in der Zelle zurechtzufinden. Den größten Teil seiner Uniform hatte er noch an. Seine Stiefel, seine Mütze und sein Mantel fehlten ihm allerdings.

Das Licht der Laterne, das durch das kleine Fenster schien, reichte geradeso bis zur Tür. Sie bestand aus dicken Holzbrettern. Die Farbe blätterte bereits ab. Ein Schlüsselloch war nicht zu sehen. Das würde ihm auch nicht viel nützen, denn die Tür wurde zusätzlich mit zwei Riegeln gesichert. Über der Tür befand sich ein viereckiger Lufteinlass. Er wurde mit einem dünnen Gitter gesichert. Tassler sah sich noch einmal um. Außer dem Stuhl und dem Bett gab es nichts weiter in der Zelle, was er für eine Flucht nutzen konnte. Wenn nur diese blöden Kopfschmerzen nicht wären. Was hatte dieser Major ihm nur gespritzt? Er wusste es nicht und es war jetzt auch nicht so wichtig.

Der Stuhl war alt und wacklig. Mit ihm konnte er nicht viel anfangen. Selbst wenn er sich auf ihn stellen würde, um das Gitter des Lufteinlasses wegzureißen, würde er nicht fliehen können. Die Öffnung war viel zu eng, um hindurch zu klettern.

Während der Standartenführer noch fieberhaft überlegte, hörte er auf dem Gang vor der Zellentür Schritte. Er legte sich ganz schnell auf das Feldbett und tat so, als würde er noch immer fest schlafen.

Die Riegel der Tür wurden weggezogen. Dann wurde sie aufgeschlossen. Jemand leuchtete mit einer Taschenlampe in die Zelle. Tassler konnte das Licht spüren, als es seine Augen streifte. Er drehte sich um und tat so, als würde er erst jetzt erwachen.

„Sehr schön, Sie schlafen nicht mehr", hörte er die Stimme von Major Rosenbach. „Das ist gut. Offenbar haben Sie die Wirkung meines Serums überwunden. Dann können wir ja morgen früh weitermachen."

Neben dem Major stand ein älterer Soldat. Tassler konnte seinen Dienstgrad nicht erkennen. Der Major flüsterte ihm etwas zu, was er nicht verstehen konnte. Der Soldat nickte immer wieder. Auf Tassler achteten sie nicht weiter. Einen körperlich so großen Mann wie den Standartenführer zu unterschätzen, war jedoch der pure Leichtsinn. Tassler wog mindestens einhundertzwanzig Kilogramm und er war so stark wie ein Bär. In seiner Jugendzeit hatte er die Boxmeisterschaft seines Gymnasiums gewonnen. Damals hatte er die meisten seiner Gegner in der ersten Runde besiegt. Nur der Finalgegner ging erst in der dritten Runde zu Boden. Mit dem Major und dem Soldaten würde er also schnell fertig werden.

Erst im letzten Moment sahen die beiden Amerikaner den angreifenden Tassler auf sie zustürmen. Da war es für sie schon zu spät. Der Soldat landete zuerst bewusstlos auf dem harten Boden des Flures. Ein einziger Fausthieb hatte gereicht.

Den Major packte der Standartenführer so an seinem dünnen Hals, dass er keine Luft mehr bekam. „Jetzt hast du nicht mehr so ein großes Maul", zischte Tassler ihm leise zu. „Was hast du mir gespritzt?"

Der Major versuchte vergeblich, seine Pistolentasche zu öffnen. Tassler nahm ihm die Waffe weg. Dann gab er ihm eine derbe Ohrfeige, sodass Rosenbach ebenfalls benommen auf dem Boden landete. Er spürte gleich darauf den festen Griff von Tasslers linker Hand. Zwei Knöpfe seines Uniformmantels landeten neben ihm, als der Standartenführer ihn reichlich unsanft wieder auf die Beine stellte.

Jetzt war er diesem viel stärkeren deutschen SS-Offizier schutzlos ausgeliefert. Die Angst, die er schon in der Vergangenheit so oft gespürt hatte, war plötzlich wieder da. Ohne es zu wollen, begann er zu zittern.

„Jetzt mach dein blödes Maul auf, du Zwerg", sprach Tassler leise zu dem Major. „Was war in der Spritze?"

„Es war ein Wahrheitsserum", antwortete Rosenbach mit weinerlicher Stimme. „Es soll bei Verhören die Befragung von Gefangenen erleichtern. Das Serum ist noch in der Entwicklungsphase. Ich habe Ihnen etwas zu viel gespritzt. Das ist aber nicht weiter schlimm."

„Ich habe höllische Kopfschmerzen von dem Zeug bekommen", knurrte der Standartenführer wie ein bissiger Hund. „Die wirst du auch gleich haben."

Tassler holte mit der rechten Hand weit aus. Er verpasste dem Major mehrere Schläge ins Gesicht. Dabei schlug er ihm zwei Zähne aus. Rosenbach blutete stark, als er erneut auf dem Boden landete. Dieses Mal war er jedoch ohnmächtig.

Tassler sah sich um. Neben der Tür seiner Zelle standen seine Stiefel. Sein Mantel lag gleich daneben auf einem Tisch. Er zog die Stiefel und den Mantel an. Im rechten Ärmel entdeckte er seine Mütze. Da der Soldat wieder aufwachte, bekam er noch einen weiteren Faustschlag ins Gesicht. Der Standartenführer konnte hören, wie der Unterkiefer brach. Der Soldat sackte sofort zusammen und blieb ruhig liegen.

Tassler nahm die Waffen der beiden Amerikaner an sich. Jetzt musste er einen Weg finden, der ihn lebend aus dem Lager führte. Als er hierhergebracht wurde, war ihm aufgefallen, dass sich hier viele amerikanische Soldaten befanden, die verwundet waren.

Von ihnen ging bestimmt keine Gefahr aus. Auf der Flucht würden sie ihn nicht verfolgen können. Auch deshalb entschloss er sich, die Gunst der Stunde zu nutzen, bevor die Wachen mitbekamen, was gerade geschehen war.

Der Standartenführer sperrte den Major und den Soldaten in seiner Zelle ein. Erst danach wollte er aus dem Lager ausbrechen. Er fesselte und knebelte sie mit ihren eigenen Sachen. Das würde ihm ein wenig mehr Zeit verschaffen. So hoffte er es jedenfalls.

In der Tür, die sich am Ende des Flures befand, war ein kleines vergitterte Fenster. Tassler konnte den größten Teil des Lagerhofes überblicken. Er sah auch das große Tor und die Wachen, die gelangweilt von den Türmen auf das Lager schauten.

Die Türme standen in den vier Ecken des Lagers. Immer wieder schwenkten die Wachen ihre großen Scheinwerfer, um mit den starken Lichtkegeln jede Stelle zu beleuchten. Nach zwei Minuten wurden sie allerdings ausgeschaltet.

Erst jetzt bemerkte Tassler den Hundezwinger, der sich gleich neben dem Tor befand. Einer der Hunde bellte immer wieder. Den Grund dafür entdeckte der Standartenführer ebenfalls. Auf dem Hof hatte sich ein verängstigtes Kaninchen unter einem Lkw versteckt.

Das Tor wurde plötzlich geöffnet und Tassler sah zu, wie ein weiterer Lkw hindurch fuhr und auf dem Hof anhielt. Der Fahrer stieg aus und mehrere Männer sprangen von der Ladefläche. Zwei von ihnen waren gefesselt. Sie wurden zu der Baracke geführt, in der Tassler auf dem Flur stand.

„So ein verdammter Mist", fluchte der Standartenführer leise vor sich hin. „Jetzt wird es doch etwas gefährlich."

Die Flucht beginnt

Das Knacken des Astes war längst verstummt. Nur der Geruch des Zigarettenrauchs lag noch immer in der Luft. Stahl wollte noch einen Moment warten. Siel stand gleich hinter ihm. Sie wagten es kaum, zu atmen. Jedes Geräusch konnte sie verraten, auch wenn es noch so leise war. Das hatten sie in der Vergangenheit schon mehrfach feststellen müssen.

Alles schien jetzt ruhig zu sein. Doch dann war hinter ihnen ein leises Rascheln so plötzlich zu hören, dass sie sich erschrocken umdrehten. Im nächsten Augenblick wurden sie angegriffen. Eine amerikanische Patrouille hatte sie entdeckt. Es waren fünf Soldaten und ein Sergeant, die über sie herfielen und sie überwältigten. Stahl und Siel wurden aus dem Graben gezerrt und mit einer großen Taschenlampe beleuchtet.

Einer der Amerikaner entwaffnete sie. Dann wurden ihnen alle anderen Sachen abgenommen. Dem Sergeanten gefiel offenbar Stahls Armbanduhr. Mit einem hässlichen Grinsen bedankte er sich dafür. Dann steckte er sie ein.

„Wir bringen euch jetzt in ein Lager", sprach der Sergeant mit einem erstaunlich guten Deutsch. „Dort werden euch unsere Leute befragen. Wenn ihr fliehen wollt, erschießen wir euch mit euren eigenen Waffen. Habt ihr zwei Arschlöcher das verstanden?"

Stahl und Siel sahen im Schein der Taschenlampe in die Gesichter der Amerikaner. Die grinsten so, als hätten sie soeben ihre Weihnachtspakete aus der fernen Heimat bekommen.

„Das haben wir", antwortete Stahl. „Und jetzt geben Sie mir meine Uhr wieder. Nach der Genfer Konvention ..."

„Wir scheißen auf deine Genfer Konvention", unterbrach ihn der Sergeant mit einem gefährlich leisen Ton. „Wir hätten euch schon längst erschossen, wenn da nicht jemand in unserem neuen Lager wäre, der euch unbedingt kennenlernen möchte. Ich bin mir sicher, dass deine Uhr ab jetzt dein kleinstes Problem ist."

Die Amerikaner zerrten und schubsten Stahl und Siel vor sich durch den Wald. Nach einigen Hundert Metern kamen sie zu einem Feldlager. Dort erstattete der Sergeant einem Offizier seine Meldung. Die beiden Gefangenen wurden an einigen Soldaten vorbeigeführt, die bei ihren Lagerfeuern saßen und sie mit finsteren Mienen betrachteten.

Neben einem größeren Zelt stand ein Lkw. Stahl und Siel mussten auf die Ladefläche klettern. Der Sergeant und seine Männer setzten sich neben sie. Dann begann die Fahrt. Sie erreichten eine Straße und nach zwanzig Minuten hielten sie auf dem Hof des Lagers an.

Der Leutnant und der Feldwebel mussten von der Ladefläche springen. Der Sergeant schickte zwei seiner Soldaten in die Baracke, in der sich die Küche befand. Sie sollten Proviant besorgen. Mit seinen anderen beiden Soldaten führte er Stahl und Siel zu einer anderen Baracke. Der Sergeant wunderte sich, weil die Eingangstür unverschlossen war. Das konnte nur bedeuten, dass einer der Vernehmungsoffiziere sie offengelassen hatte.

Stahl und Siel wurden in den Flur geführt. Sie mussten sich mit dem Gesicht zur Wand stellen, während der Sergeant nachsehen wollte, wo sich der Offizier befand. Er war ziemlich überrascht, als plötzlich die Tür einer Zelle aufging und ein deutscher SS-Offizier ihn mit der Pistole von Major Rosenbach bedrohte.

Langsam ging der Sergeant rückwärts den Flur entlang. Kein Wort fiel und die beiden überraschten Soldaten, die Stahl und Siel bewachen sollten, wussten nicht sofort, was sie tun sollten. Der Leutnant erkannte dagegen die Situation als Erster. Er drehte sich um und trat einen der Bewacher zwischen die Beine. Siel schlug mit seinen gefesselten Händen den zweiten Soldaten nieder. Der Sergeant landete ebenfalls auf dem Boden des Flurs. Er blieb liegen, ohne sich zu rühren. Der Feldwebel nahm einem der Bewacher ein Messer ab. Dann erlöste er den Leutnant von den Handfesseln. Danach waren seine Fesseln an der Reihe.

„Jetzt will ich meine Uhr wiederhaben", sprach Stahl voller Wut, ohne auf den Standartenführer zu achten.

„Freut mich auch, euch zu sehen", entgegnete Tassler. „Könnt ihr zwei mir verraten, was ihr hier macht?"

„Wir sind Ihre Fahrkarte in die Freiheit", erklärte Stahl, während er dem Sergeanten die Taschen umdrehte. „Leider sind wir einer Patrouille in die Hände gefallen. Die lagen auf der Lauer und wir haben sie nicht schnell genug bemerkt."

„Zum Glück haben sie unsere Waffen hier her mitgenommen", meinte Siel. „Die Maschinenpistole haben wir extra für Sie mitgeschleppt, Herr Standartenführer."

„General Dietrich hat wohl Sehnsucht nach Ihnen", fügte Stahl hinzu. „Deshalb sollen wir Sie lebend hinter der Front abliefern."

Der Sergeant und seine beiden Soldaten waren noch immer bewusstlos, als sie in der Zelle bei dem Major abgelegt wurden. Jetzt war die

Chance für einen erfolgreichen Fluchtversuch erheblich größer.

Stahl sah durch das kleine Fenster der Eingangstür. Auf dem Hof schien alles ruhig zu sein. Sogar die Hunde bellten nicht mehr. Er drehte sich zu Siel und Tassler um. Die hielten ihre Waffen schussbereit.

„Sobald ich die Tür öffne, schleichen wir uns zu einem der Lkws", flüsterte der Leutnant. „Hoffentlich stecken die Schlüssel im Zündschloss."

„Und was machen wir dann?", fragte Tassler. „Versuchen wir mit dem Lkw durchzubrechen?"

„Nein, das schaffen wir nicht", erklärte Stahl. „Dafür brauchen wir einen Panzer. Doch den gibt es hier nicht. Wir werden uns die Wachen auf den Türmen vornehmen. Außerdem gibt es hier bestimmt eine Waffenkammer. Wenn wir sie finden, dann werden wir sie plündern. Ich will hier so viel wie möglich Schaden anrichten, bevor wir uns zurückziehen."

„Das entspricht aber nicht unserem Einsatzbefehl", flüsterte Siel.

„Das weiß ich sehr gut", entgegnete Stahl. „Der amerikanische Sergeant hat mich jedoch auf diese Idee gebracht. Sieben Uhren, fünf Eheringe, drei goldene Feuerzeuge, ein Haufen deutscher Orden und vier Zigarettenetuis hat der Kerl bei sich gehabt. Und die anderen beiden Soldaten sind auch nicht viel besser. Diese Amerikaner sind eine Armee von Dieben. Wenn wir es nicht verhindern können, fallen sie wie die Heuschrecken in Deutschland ein. Dann ist nichts vor ihnen sicher, was irgendeinen Wert hat."

„Besser waren wir aber auch nicht, als wir zum Beispiel in Frankreich einmarschiert sind", erklärte Tassler. „Ich weiß, wovon ich rede, denn ich war damals dabei. Als junger Sturmbannführer habe ich 1940 eine SS-Panzerkompanie befehligt."

„Trotzdem sollten wir es den Amis nicht zu leicht machen", entgegnete der Leutnant. „Sobald ich die Tür öffne, geht es los."

Gefährliche Intrigen

Im Lazarett lagen nicht mehr so viele verwundete oder kranke Soldaten, seitdem sich die Lage an der Front beruhigt hatte. Deshalb konnten sich die Feldärzte etwas intensiver um die gebrochene Nase und das Bein von Major Strecker kümmern.

Dass ihn eigentlich niemand leiden konnte, wusste er sehr gut. Es lag zum Teil daran, dass er als Offizier bei der Feldgendarmerie diente. Doch da gab es noch einige Gerüchte, die hinter vorgehaltener Hand leise von Mund zu Mund gingen.

Die Rede war von kleineren Raubzügen in den Dörfern, die es in der näheren Umgebung gab. Dabei soll es auch Tote gegeben haben. Natürlich wurde das offiziell abgestritten. Die Gerüchte hielten sich aber trotzdem ganz hartnäckig.

Jeder Arzt und alle Krankenschwestern schienen zu wissen, warum Major Strecker im Lazarett lag. Seine Verletzungen würden wieder heilen, doch die Tatsache, dass er von einem einfachen Leutnant verprügelt wurde, nagte sehr an

seinem Ego. Als ihm einer seiner Kameraden be-
suchte, erfuhr er zu seinem großen Erstaunen,
dass Stahl nicht hingerichtet wurde.

„Was soll das heißen, Schuster? Das ist ja nicht
zu glauben“, sprach Strecker leise zu dem Gefreiten, der neben seinem Bett auf einem Hocker
saß. „Wissen Sie auch, warum die Hinrichtung
nicht mehr stattgefunden hat?“

„Der Leutnant muss irgendeinen Auftrag bekommen haben“, antwortete Schuster ebenso
leise. Dabei sah er sich in dem großen Saal um,
in dem alle Patienten des Lazaretts liegen mussten.

„Mein Gott Schuster, jetzt lassen Sie sich doch
nicht jedes Wort aus dem Arsch ziehen“, zischte
der Major den Gefreiten ungeduldig an. „Sagen
Sie mir lieber, was dieser Stahl für einen Auftrag
bekommen hat.“

„Na ja, es muss so ein Auftrag von der ganz
geheimen Sorte sein“, druckste Schuster etwas
verlegen herum. „Niemand weiß etwas Genaues
darüber. Stahl wurde von unseren Männern zu
General von Manteuffel gebracht und kurz danach war er wieder auf freiem Fuß.“

„Ach wirklich? Und wo ist er jetzt, dieser so
wichtige Herr Leutnant Stahl?“, fragte der Major
weiter.

„Er ist mit seiner kleinen Einheit weggefah-
ren“, erklärte der Gefreite. „Niemand weiß, welches Ziel sie haben. Stahl hat eine neue Uniform
bekommen, einen Teller Suppe von der Feldküche und dann sind sie alle mit einem Lkw weg-
gefahren. Doch da war noch etwas, was ich ganz
komisch finde. Ein Sturmbannführer von der SS
war auch bei dem General im Büro. Und der Militärrichter Oberst Bergmann war ebenfalls dort.

Es muss also sehr wichtig gewesen sein, was die alle in dem Büro mit dem Leutnant Stahl besprochen haben."

„Ja, da haben Sie auf jeden Fall recht", stimmte Strecker dem Gefreiten zu. „Sie bekommen jetzt von mir einen geheimen Befehl. Zunächst finden Sie heraus, was Stahl für den General erledigen soll. Wenn Sie es wissen, kommen Sie sofort zu mir. Ich erkläre Ihnen dann, wie es weitergehen soll. Wenn es nicht anders geht, nehmen Sie einen oder zwei von unseren Kameraden als Verstärkung. Und beeilen Sie sich."

Der Gefreite sah sich noch einmal in dem Saal um. Er wollte wohl sicher sein, dass sie nicht belauscht wurden. In diesem Lazarett lagen immerhin Soldaten und Offiziere von unterschiedlichen Einheiten.

„Ich glaube, ich weiß schon, wie ich an die Information komme", flüsterte Schuster dem Major zu. „Ich kenne da eine Schreibkraft, die beim Adjutanten des Generals im Büro sitzt. Die junge Dame ist sehr hübsch und sie stammt, genau wie ich, aus dem Ruhrgebiet. Ich habe mich schon öfter mit ihr unterhalten. Sie heißt Gabi und sie ist etwas schwatzhaft. Mal sehen was sie mir erzählt."

„Das hört sich gut an", meinte Strecker ebenso leise. „Horchen Sie die hübsche Gabi aus, so gut es geht."

Eine halbe Stunde später traf Schuster sich mit Gabi bei der Essensausgabe der Feldküche. Es gab für jeden Soldaten eine Büchse mit Wurst und ein Stück Brot. Der Gefreite tat so, als würde er sie zufällig treffen. Nach der Essensausgabe verwickelte er sie in ein Gespräch.

Tatsächlich erzählte ihm die hübsche Gabi unter dem Siegel der Verschwiegenheit, was sie über den Auftrag des Leutnants wusste. Es sollte um eine Befreiungsaktion hinter der Front gehen. Stahl hatte nur einen weiteren Kameraden bei sich und das Ganze sollte sehr schnell gehen. Als sie ihm auch erzählte, an welcher Stelle sich Stahl und Siel in der Nacht durch die feindlichen Stellungen schleichen sollten, hatte Schuster genug erfahren.

Strecker war hocherfreut, als ihm sein Gefreiter von dem Auftrag berichtete. In seinem Kopf reifte sofort ein Plan heran. Jetzt sah er sich mit einer verschwörerischen Miene um. Niemand durfte hören, was er Schuster sagte.

„Ich will, dass Sie Unteroffizier Wagner von dem Auftrag erzählen", flüsterte der Major. „Er soll sich gemeinsam mit Ihnen in der Nähe der Stelle bereithalten, wo Stahl zurückerwartet wird. Wenn die Zeit gekommen ist, sendet Wagner den Amerikanern einen Funkspruch. Der Unteroffizier kann sehr gut Englisch und er hasst diesen Leutnant genauso wie Sie und ich. Wir überlassen den Amis die Drecksarbeit. Die werden sich bestimmt sehr gern um ihn kümmern. Immerhin ist ihnen Stahl mit seiner kleinen Einheit bei jeder Aufklärungsmission entkommen. So etwas finden die Amerikaner bestimmt nicht gut."

„Das ist ein genialer Plan", erwiderte Schuster leise. „Wir haben sogar ein Funkgerät, das von den Amis stammt. Die Einheit von Stahl hat es vor einigen Wochen erbeutet. Wenn der wüste, dass wir seine Beute jetzt gegen ihn einsetzen, würde er vor Wut toben."

Etwas später unterrichtete der Gefreite den Unteroffizier vom Plan des Majors. Schuster hatte sogar einen schriftlichen Befehl für einen Überwachungseinsatz von Strecker bekommen. In Wagners Gesicht war ein breites Grinsen zu sehen, als ihm klar wurde, dass sie sich an dem Leutnant rächen konnten.

„Dem Kerl werden wir so richtig in die Suppe spucken", sprach Wagner voller Vorfreude. „Wenn alles klappt, wird er Weihnachten in der Hölle feiern. Wir borgen uns einen Kübelwagen von unserer Kompanie aus und tun so, als würden wir eine längere Patrouillenfahrt machen. Das fällt überhaupt nicht auf. Der Major hat es uns befohlen und alles hat seine Ordnung."

„Genauso machen wir es", stimmte Schuster zu. Dabei rieb er sich die Hände. „Dieses Mal wird dieser Leutnant Stahl seine verdiente Strafe bekommen."

Der Tiger und das Chaos

Kurz bevor Stahl die Tür öffnen wollte, wurden die Hunde im Zwinger wieder nervös. Sie fingen an zu bellen und liefen aufgeregt hin und her. Das große Lagertor ging auf und ein weiterer Lkw fuhr auf den Platz. Er hielt bei einer Baracke neben den anderen Fahrzeugen. Zwei Soldaten stiegen aus dem Führerhaus.

Sie meldeten sich bei dem kommandierenden Offizier der Wache. Dann gingen sie in die Baracke hinein. Als sie wieder herauskamen, konnte Stahl sehen, was sie von der Ladefläche holten.

„Sie laden Munition und Proviant ab", flüsterte er den anderen zu. „Wir müssen leider noch ein wenig warten. Hoffentlich schlafen die Kerle in der Zelle noch eine Weile. Sollten sie aufwachen und Krach schlagen, müssen wir sie beruhigen."

„Diese Art der Beruhigung kenne ich", flüsterte Tassler. „Wenn es so weit ist, kümmere ich mich selbst um diese fünf Pappnasen."

Stahl und Siel mussten lächeln, als sie die Worte des Standartenführers hörten. Dabei sahen sie abwechselnd durch das kleine Fenster der Tür. Die Soldaten, die den Lkw abluden, brachten die letzte Kiste in die Baracke. Danach stiegen sie wieder in den Lkw. Das Tor öffnete sich erneut und sie verließen das Lager.

Als es wieder zu ging, hielt Stahl die Zeit für gekommen. Jetzt mussten sie die Baracke mit der Munition erreichen. Dann konnten sie im Lager ein Chaos auslösen und versuchen, in dem entstandenen Durcheinander zu entkommen. Stahl griff zu der Türklinke und drückte sie langsam nach unten.

In diesem Augenblick war das Dröhnen eines Motors zu hören. Es wurde schnell lauter. Irgendwie kam dem Feldwebel der Motorenlärm vertraut vor.

„Noch nicht, Herr Leutnant", flüsterte Siel. „Ich glaube, wir bekommen schon wieder Besuch. Doch dieses Mal ist es kein amerikanischer Lastwagen. Es hört sich eher wie ein Panzer an. Vielleicht gibt es ja doch einen Gott, der genau weiß, was wir brauchen."

Tatsächlich öffnete sich das Tor erneut. Ein deutscher Panzer vom Typ Tiger fuhr auf den Platz. Das Tor wurde geschlossen und mehrere amerikanische Soldaten stiegen lachend aus dem eisernen Ungetüm.

„Die Werkstatt hat wirklich ganze Arbeit geleistet. Jetzt ist er wieder kampffähig", rief einer von ihnen. „Die Krauts werden staunen, wenn wir sie mit ihren eigenen Granaten beschießen."

„Oh ja, das werden sie", rief ein zweiter Soldat. „Ich kann es kaum erwarten, bis wir endlich in Berlin einmarschieren. Dann trete ich Adolf persönlich in den Arsch."

„Da musst du dich aber hintanstellen", erklärte der nächste Soldat lautstark. „Ich bin auf jeden Fall schneller als du."

Lachend gingen die Soldaten zu ihrer Unterkunft. Sie waren gut gelaunt und keiner von ihnen ahnte, dass Tassler plötzlich die gleiche Idee wie Stahl und Siel hatte. Er sah sie an und grinste.

„Denkt ihr auch, was ich denke?", fragte er leise. Dabei war ein Leuchten in seinen Augen zu sehen.

„Na ja, warum sollen wir laufen, wenn wir auch fahren können", meinte Stahl mit einem spöttischen Lächeln. „Wenn uns diese Amerikaner schon mal zu einem kleinen Ausflug mit einem ihrer Beutepanzer einladen, sollten wir die Einladung auch annehmen. Ich halte es für unhöflich, wenn wir sie einfach so ablehnen."

„Es gibt tatsächlich einen Gott, der weiß, was wir brauchen", fügte Siel hinzu. „Wir sollten uns auf jeden Fall ganz herzlich bedanken. Ich weiß übrigens ganz genau, wie so ein Panzer gefahren wird."

„Ich übernehme das Laden der Kanone", meinte Tassler. „Das habe ich 1940 beim Frankreichfeldzug auch ab und zu getan."

„Dann übernehme ich das Funkgerät und damit auch das Kommando", erklärte Stahl. „Und jetzt sollten wir nicht länger zögern."

Der Leutnant öffnete die Tür und gleich darauf rannten sie zu dem Tiger-Panzer. Wie sie ganz schnell hinein kamen, wussten sie sehr gut. Die Wachen am Tor und auf den Wachtürmen wurden erst auf sie aufmerksam, als der Motor des Panzers aufheulte. Der Feldwebel hatte wohl etwas zu viel Gas gegeben.

Der Tiger setzte sich in Bewegung und rollte langsam auf das Tor zu. Kurz davor stoppte er. Dass die Wachen ihn mit Maschinengewehren beschossen, störte den Panzer nicht. Seine Panzerung hielt einiges aus. Er machte eine Wendung, sodass er mit dem hinteren Teil zum Tor zeigte. Der Turm drehte sich und gleich darauf zeigte die Kanone zu der Baracke, in der die Munition eingelagert war.

Mit einem lauten Donnern feuerte der Tiger eine Granate in die Baracke hinein. Gleich darauf gab es eine heftige Explosion und ein Feuerball stieg in den nächtlichen Himmel. Er erhellte das gesamte Lager und die nähere Umgebung.

Einige amerikanische Soldaten, die sich dem Panzer nähern wollten, um ihn zu stoppen, wurden von zahllosen Splittern und allen nur erdenklichen Teilen getroffen.

Die Druckwelle war so stark, dass auf allen vier Wachtürmen die Scheiben der Scheinwerfer in tausend Stücke zersprangen. Nicht ein einziges Fenster blieb ganz und der Panzer wurde von den vielen Trümmerstücken der explodierten Baracke getroffen. Doch das konnte ihm nicht gefährlich werden.

Der Feldwebel legte den Rückwärtsgang ein, damit der Tiger das Tor durchbrechen konnte. Dabei brach das Wachhäuschen, welches gleich rechts neben dem Tor stand, in sich zusammen. Links neben dem Tor fiel der Hundezwinger auseinander. Die Hunde, die in ihm eingesperrt waren, liefen jaulend davon.

Von den Fahrzeugen, die auf dem Hof standen, waren nur noch brennende Wracks zu sehen. Der Tank eines Lkws explodierte und zwei weitere Baracken gerieten in Brand. Der Panzer drehte sich hinter dem Tor um und fuhr davon.

Es dauerte noch einige Minuten, bis Major Rosenbach und die anderen gefesselten Männer von den Soldaten des Sergeanten gefunden und von ihren Fesseln befreit wurden. Sie mussten sich beeilen, denn das Dach der Baracke drohte einzustürzen. Der Major war so wütend, dass ihm ein Arzt eine Beruhigungsspritze geben wollte. Doch die lehnte Rosenbach kategorisch ab.

Als ein Korporal dem Major meldete, dass außer ihm alle anderen Offiziere tot oder verwundet waren, übernahm er sofort das Kommando. Jetzt wollte er unbedingt diesen Tiger jagen. Er hatte allerdings nicht die geringste Ahnung, wie er das anstellen sollte. Doch das eine wusste er ganz genau. Dieser Panzer durfte auf keinen Fall die Front erreichen.

Die Jagd beginnt

Das Stahl, Siel und Tassler mit der Hilfe des Panzers aus dem Gefangenenlager ausbrechen konnten, war für sie nicht weiter schwer gewesen. Das Glück und der Zufall standen ohne jeden Zweifel auf ihrer Seite. Doch wie sollte es jetzt weitergehen?

Jeder amerikanische Soldat, der sich in der Nähe befand, würde sofort Alarm schlagen, sobald er den Tiger sah oder hörte. Bis zur Front waren es immerhin acht Kilometer. Im Lager gab es zwei Funkgeräte, die ganz geblieben waren. Die Funker verbreiteten die Nachricht von der Flucht.

Sofort wurden einige Einheiten mitten in der Nacht von der Front abgezogen. Mit Panzern vom Typ Sherman, Panzerabwehrkanonen, Panzerbüchsen und Handgranaten wollten die Amerikaner den Tiger abfangen. Dazu mussten sie ihn aber erst mal finden. Ohne jeden Zweifel war er eine sehr gefährliche Waffe, die sie vernichten wollten, wenn sie ihn nicht noch einmal erbeuten konnten.

Dass sich ganz schnell mehrere kleine Einheiten auf die Suche nach dem deutschen Panzer machten, konnten sich die drei Insassen denken. Sie fuhren mitten durch den Wald. Dabei hinterließen sie eine Schneise der Verwüstung. Zahlreiche kleinere Bäume wurden einfach umgefahren. Doch mitten in der finsteren Nacht war es fast unmöglich, einen sicheren Weg zu finden.

Stahl öffnete schließlich die Turmluke. Er sah sich vorsichtig nach allen Seiten um. Dem nächsten Baum konnte Siel im letzten Augenblick ausweichen, weil der Leutnant ihn rechtzeitig warnte. Dadurch wurde die Fahrt etwas angenehmer. Sie fuhren über eine Lichtung und schließlich half ihnen sogar der Mond.

„Die Wolkendecke ist aufgerissen!", rief Stahl in den Panzer hinein. „Jetzt ist es ein wenig heller. Wir sollten uns weiter links halten. Vor uns und auf der rechten Seite stehen zu viele dicke Bäume. Da verbiegen wir uns vielleicht noch die Kanone."

„Die verbiegt sich nicht so schnell, Herr Leutnant", meinte Tassler. „Dieser Panzer ist ein Beispiel für deutsche Wertarbeit."

„Trotzdem sollten wir aufpassen, dass uns niemand diese Wertarbeit unter den Ärschen wegschießt!", rief Siel. „Wenn der Tag anbricht, ist unsere Blechdose eine hervorragende Zielscheibe. Die kleineren Kaliber steckt der Tiger gut weg. Doch bei den größeren Granaten bin ich mir nicht so sicher. Die können ihn bestimmt stoppen."

„Da hat der Feldwebel recht", stimmte der Standartenführer zu. „Lange können wir nicht mehr durch die Gegend fahren. Der Motor ist so laut, dass wir bis zu einem halben Kilometer gut zu hören sind. Wir brauchen einen neuen Plan."

Stahl wäre am liebsten mit dem Tiger durch die Stellungen der Amerikaner gefahren. Doch er sah ein, dass es unmöglich war. Die hatten zu viele Kanonen und Panzer, mit denen sie den Tiger abfangen konnten. Wenn sie sich dann noch in ihm befanden, würden sie sterben. Das sollten sie auf jeden Fall vermeiden.

„Ich habe eine Idee", erklärte der Leutnant. „Vor uns liegt ein dichtes Waldstück. Da fahren wir hinein. Dann decken wir den Tiger mit Ästen ab, so gut das eben geht. Danach schleichen wir uns in die Nähe unseres Treffpunktes. Dort warten wir die kommende Nacht ab. Proviant und ausreichend Munition haben wir bei uns. Den Tiger sichern wir mit Handgranaten ab.

Sollten ihn die Amis entdecken, wartet eine böse Überraschung auf sie."

„Zum Glück haben wir noch die Leuchtrakete", meinte Siel. „Da können wir unsere Kameraden auf uns aufmerksam machen. Die werden staunen, wenn wir ihnen von dem Lager und dem Tiger erzählen."

Siel fuhr den Panzer zwischen die Tannen einer Schonung, die groß genug waren und dicht zusammenstanden. Er schaltete den Motor ab. Dann stiegen sie aus. Die plötzliche Ruhe war für einen Moment beinah unheimlich.

Sie sammelten so viele größere Äste, wie sie finden konnten. Der Schnee erschwerte etwas die Suche. Stahl sicherte die Einstiegsluken mit Handgranaten. Sollten die Amerikaner die Granaten an den Luken nicht gleich entdecken oder sich einer von ihnen auf dem Fahrersitz setzen, würde er sofort eine Explosion auslösen.

Tassler und Siel sorgten dafür, dass der Motor nicht mehr anspringen konnte. Sie schnitten einige Kabel durch. Mit einem schadenfrohen Grinsen rieb sich der Feldwebel anschließend die Hände. Er schulterte sein Gewehr und sah zu Tassler.

„Bis die Amerikaner es geschafft haben, den Tiger zu reparieren, ist der Krieg längst vorbei", sprach Siel leise zu dem Standartenführer.

„Die werden sich bestimmt nicht die Mühe machen", meinte Tassler. „Wir sollten jetzt von hier verschwinden, so schnell es irgendwie geht."

Stahl war der gleichen Meinung und so verschwanden sie in den zahllosen Schatten der Nacht. Dabei versuchten sie, immer weiter nach Osten zu gehen. Bei jedem Geräusch, das sie hörten, hielten sie an. Dieses Mal wollte sich keiner von ihnen gefangen nehmen lassen. Der Wind schien eingeschlafen zu sein. Nur ein leichtes Rauschen war von den Bäumen zu hören.

Dass Major Rosenbach vom amerikanischen CIC zur gleichen Zeit in aller Eile ein Suchkommando aufstellte, konnten die drei Flüchtigen nicht wissen. Seine Wut war beinah grenzenlos. Immerhin hatte er sich wie ein Anfänger übertölpeln lassen. Er würde es bestimmt niemals zugeben, aber der Gedanke an Rache ließ ihn nicht mehr los.

Da kein einziges Fahrzeug im Lager noch fahrtüchtig war, musste er mit zehn Männern zu Fuß die Verfolgung auf sich nehmen. Er war von seiner Statur her eher klein und dünn, also nicht der ideale Typ eines Anführers. Trotzdem wollte er unbedingt das Kommando bei der Suche übernehmen.

Von seinem Vorgesetzten in Sankt Vith hatte er sich über Funk extra die Zustimmung für die nächtliche Suchaktion geben lassen. Jetzt hielt er Tasslers Pistole in seiner rechten Hand. Sie war wirklich für ihn etwas zu groß. Doch wenn er den Standartenführer fand, wollte er ihn mit dieser Waffe erschießen. Seine kleine Ledertasche mit den Spritzen und dem Serum hatte er auch bei sich.

Sergeant Parker hoffte ebenfalls, dass sie den Panzer und die drei flüchtigen Feinde finden konnten. Mit ihnen hatte er noch eine Rechnung offen. Vor allem wurmte es ihn, dass ihm die Beute der letzten zehn Tage abgenommen wurde. Ganz besonders die Uhr von Leutnant Stahl wollte er unbedingt wiederhaben. Als er sie in seinen Händen hielt, hatte er gleich erkannt, dass sie aus der Schweiz war. Doch jetzt mussten sie die Geflüchteten erst mal finden.

Da dem Major ein normaler Karabiner zu unhandlich war, entschied er sich für ein leichteres Gewehr. Seine Wahl fiel auf den M1 Carbine Karabiner. Mit dieser Waffe hoffte er, besser zurechtzukommen. Er war viel leichter und er lag gut in seinen kleinen Händen.

Mitternacht war schon längst vorbei, als sich der kleine Suchtrupp in Bewegung setzte. Die tiefen Spuren, die die Panzerketten des Tigers im Schnee und auf dem feuchten Waldboden hinterlassen hatten, waren sogar in der Nacht nicht zu übersehen.

Wie ein Wolf, der den Blutspuren seiner verletzten Beute folgt, wollte Rosenbach den Spuren des Panzers folgen. Das Gewehr in beiden Händen haltend, ging er seinem Suchtrupp voran. Das fahle Licht des Mondes half ihm, die Spuren nicht aus den Augen zu verlieren.

Dem Major folgte der Sergeant. Er achtete ebenfalls auf die Spuren, die der Tiger im Schnee und im Waldboden hinterlassen hatte. Immer wieder entdeckten sie die Bäume, die der Panzer überrollt hatte.

„Die wollen so schnell wie möglich zur Frontlinie kommen", flüsterte Sergeant Parker dem Major zu.

„Wenn sie das wirklich versuchen, werden sie unserem Empfangskomitee in die Arme fallen", entgegnete Rosenbach ebenso leise. „In der gesamten Gegend sind unsere Truppen in Alarmbereitschaft versetzt worden. Die warten jetzt auf ihre Chance."

Immer weiter verlief die Spur durch den Wald. Sie führte zu der Schonung, in der die drei Flüchtigen den Tiger versteckt hatten. Der Mond schien noch immer, als der Suchtrupp den Panzer entdeckte. Zwei Soldaten wollten sofort nachschauen, ob er noch fahrbereit war. Als einer von ihnen die Turmluke öffnete, explodierte die erste Granate. Tödlich getroffen fielen die beiden Soldaten neben dem Tiger in den Schnee.

Der Major wich entsetzt zurück. Er starrte auf die zwei Toten. Sogar in dem spärlichen Licht des Mondes war gut zu sehen, wie ihr Blut den Schnee rot färbte. Rosenbach wich noch ein Stück weiter zurück.

„So ein Mist", sprach er leise zu dem Sergeanten. „Die haben uns eine Falle gestellt. Wir hätten wissen müssen, dass die Deutschen so hinterlistig sind."

„Die sind nicht hinterlistiger als wir", entgegnete Parker. „An ihrer Stelle hätte ich das auch so gemacht."

„Sir, die flüchtigen Deutschen haben den Panzer unbrauchbar gemacht", meldete einer der Soldaten. „Sie haben einige Kabel durchtrennt. So schnell bekommen wir den Panzer nicht aus der Schonung."

„Dann werden wir ihn abschleppen lassen müssen", meinte Rosenbach. „Doch das erledigen wir später. Jetzt müssen wir diese drei Nazis finden. Haben sie irgendwelche Spuren hinterlassen, denen wir folgen können?"

„Wir konnten Stiefelabdrücke finden", antwortete der Soldat. „Doch wir sollten vorsichtig sein. Sie könnten uns noch eine Falle stellen."

Damit sie nicht alle zugleich in die nächste Sprengfalle gerieten, musste ab jetzt einer der Soldaten weit genug vorausgehen. Die Sicht wurde nach einigen Minuten erschwert, weil der Mond immer wieder von dichten Wolken verdeckt wurde. Der Soldat, der vorausging, musste eine Taschenlampe benutzen. Dadurch war er allerdings selbst gut zu sehen.

Ein Schuss hallte so plötzlich durch die Nacht, dass sich der Major und seine Soldaten sofort auf den Boden warfen. Eine Eule flog erschrocken über den Bäumen davon. Danach war es wieder absolut ruhig. Der Wind schien eingeschlafen zu sein. Kaum ein Zweig bewegte sich an den Bäumen.

Sergeant Parker stand zuerst auf. Er lief geduckt zu dem Soldaten mit der Taschenlampe. Als er ihn erreichte, sah er sofort, dass der Mann tot war. Er schaltete die Lampe aus.

Vorsichtig standen jetzt der Major und die anderen Soldaten auf. Sie schlichen sich ebenfalls zu der Stelle hin, wo ihr toter Spurensucher lag.

„Was machen wir jetzt?", fragte Parker den Major. „Sollen wir ihnen weiter folgen?"

„Es tut mir um unsere Männer wirklich leid", antwortete Rosenbach ganz leise. „Doch wir dürfen diese drei Deutschen nicht entkommen lassen."

„Na gut, dann folgen wir ihnen in der Dunkelheit", erklärte der Sergeant. „Irgendwann wird es wieder hell werden. Dann können wir ihren Spuren besser folgen."

Ganz in der Nähe, hinter dem Stamm einer dicken Eiche, hatten die drei Flüchtlinge versucht, sich ein wenig auszuruhen. Kurz darauf hatten sie den Soldaten mit der Lampe entdeckt. Siel nahm ihn sofort ins Visier und erschoss ihn. Jetzt war das Licht aus und der Mond wurde von den Wolken noch immer verdeckt.

„Wir müssen hier verschwinden", flüsterte Tassler. „Hier ist es für uns nicht sicher. Wer weiß, wie viele Amerikaner hinter uns her sind."

„Das können nur einige Männer von dem Lager sein", flüsterte Stahl ihm zu. „Wahrscheinlich führt sie dieser Major an, der die Gefangenen verhört."

„Dann wird der diebische Sergeant auch dabei sein", meinte Siel. „Vielleicht will er das Zeug wiederhaben, das wir ihm abgenommen haben. Ihre Uhr, Herr Leutnant, wird ihm fehlen. Das gute Stück ist etwas wert."

„Da könnten Sie recht haben", stimmte Stahl zu. „Diese Amerikaner glauben wohl, sie müssten mit uns noch eine Rechnung begleichen."

Offene Rechnungen

Unteroffizier Wagner und der Gefreite Schuster von der Feldgendarmerie hatten sich unauffällig im Fuhrpark ihrer Kompanie umgesehen. Dabei entdeckten sie einen Kübelwagen, der für sie genau richtig zu sein schien. Da sie von Major Strecker einen schriftlichen Befehl zur Überwachung eines bestimmten Frontabschnitts hatten, konnten sie sich den Kübelwagen offiziell nehmen.

In der Nacht fuhren sie zu der Kompanie, in deren Frontbereich Stahl und Siel eine Stunde vor ihnen die Frontlinie überquert hatten. Zweihundert Meter hinter dem Kommandostand der

Kompanie legten sie sich in dem Kübelwagen auf die Lauer. Sie hatten sich neben einem Gebüsch versteckt. Jetzt mussten sie nur noch warten.

Sehr bequem war das Auto nicht. Es hatte jedoch ein Klappverdeck. Damit war es in dem Fahrzeug angenehmer als die Nacht und den nächsten Tag im Freien zu verbringen. Wie lange Stahl und Siel unterwegs sein würden, wussten sie nicht.

Dass der Leutnant mit seinem Sonderkommando spezielle Aufträge ausführte, wussten die beiden Feldgendarmen schon. Sie wussten auch, dass sie sich immer mit einer Signalrakete bei ihrer Rückkehr anmeldeten. Die Farbe wechselte immer. Nur der Kommandeur der Kompanie und einige wenige Soldaten wussten, welche Signalfarbe Stahl benutzen wollte.

Wagner kontrollierte das Funkgerät. Es stammte aus den Beutebeständen der Wehrmacht. Ein kleiner Stoßtrupp der Amerikaner hatte es bei sich gehabt, als sie vor einigen Wochen von Stahl und seiner Truppe abgefangen wurden. Jetzt wollten die beiden Feldgendarmen es benutzen.

„Es ist immer wieder erstaunlich, was es alles auf der Welt gibt", meinte Wagner, als er das Funkgerät betrachtete. „Wie schaffen es die Amis nur, so ein kleines Funkgerät zu bauen?"

„So gut ist das Ding nun auch wieder nicht", erwiderte Schuster. „Die Reichweite ist nicht besonders groß. Wir müssten nicht so nah an der Front sein, wenn es mehr Leistung hätte. Und die Batterien taugen auch nicht so viel. Da finde ich unsere Geräte besser. Die sind zwar wuchtiger, aber sie haben mehr Leistung."

Wagner sagte nichts weiter dazu. Er fand das Funkgerät trotzdem gut. Da er größer als Schuster war, machte er es sich auf der Rückbank bequem. Es dauerte nicht lange und ihm fielen die Augen zu. Jetzt musste der Gefreite allein auf das Leuchtsignal des Leutnants aufpassen.

Wenn sie es sahen, konnten sie die Amerikaner darauf aufmerksam machen. Die würden dann den Rest erledigen und die offene Rechnung, die Leutnant Stahl mit der Feldgendarmerie hatte, würden sie dann bestimmt begleichen. So hoffte es jedenfalls Major Strecker im Lazarett und seine beiden Helfer in dem Kübelwagen.

Die Feldgendarmen waren aber nicht die einzigen, die mit Stahl noch etwas zu begleichen hatten. Da gab es noch immer den Major Rosenbach. Der verfolgte mitten in der Nacht die drei flüchtigen Männer, die ihm entkommen waren. Er konnte überaus hartnäckig sein, wenn er ein Ziel hatte. Außerdem hatte er Angst davor, dass einer seiner Vorgesetzten ihm die Schuld für das Chaos im Lager gab. Diese Angst trieb ihn noch zusätzlich an.

An einer günstigen Stelle wollte Tassler eine Pause machen. Noch immer spürte er die Nachwirkungen von Rosenbachs Serum. Die Kopfschmerzen wollten nicht so schnell verschwinden und ihm wurde ab und zu schlecht.

Hinter einem umgestürzten Baum fanden sie etwas Deckung. Siel war ebenfalls froh, als sie sich etwas ausruhen konnten. Die Nacht war im Wald sehr dunkel und der Wind hatte aufgefrischt. Das Rauschen des Waldes war jetzt lauter. Trotzdem war Rosenbachs kleine Truppe gut zu hören, als sie in der Nähe an einer alten

Buche vorbeigingen, ohne die drei Männer zu bemerken, die hinter dem Baum hockten.

Nachdem sich die Amerikaner weit genug entfernt hatten, wagte es der Feldwebel, aufzuatmen. „Sie haben unsere Spur verloren", flüsterte er Stahl und Tassler zu. „Jetzt können wir sie im weiten Bogen umgehen. Dann kommen wir zu unserem Treffpunkt."

„Wir haben noch etwa vierundzwanzig Stunden Zeit", sprach der Standartenführer leise.

„Das stimmt", meinte Stahl. „Doch woher wissen Sie, welche Zeitplanung wir haben?"

„Ihre Zeitplanung kenne ich nicht", antwortete Tassler. „Doch ich kenne den Plan des Führers und des Hauptquartiers. In etwas mehr als vierundzwanzig Stunden wird hier in den Ardennen die Hölle losbrechen. Ich sollte auf Befehl von General Dietrich den Frontverlauf und die Stärke der amerikanischen Truppen auskundschaften. Die Männer, die mich begleiteten, wurden mit mir in dieses Lager gebracht. Die Verhöre haben sie nicht überlebt. Mit der SS kennen viele Amerikaner keine Gnade."

„Ich verstehe", sprach Stahl, obwohl er sich denken konnte, dass der Standartenführer ihm nicht alles erzählte. „Dort hat man Sie mit diesem Serum zum Sprechen bringen wollen. Das hat nicht geklappt und jetzt sind Sie mit uns auf der Flucht. Wie verzweifelt müssen die Amis sein, wenn sie uns in der finsteren Nacht durch den Wald jagen."

„Es ist nur einer von ihnen verzweifelt", erklärte der Standartenführer. „Und das ist dieser jüdische Major Rosenbach."

„Der würde bestimmt sehr gern wissen, was der Führer und das Hauptquartier geplant haben", flüsterte Siel.

„Wenn er noch ein wenig wartet, wird er es erfahren", erwiderte Tassler. „Doch dann ist es bereits zu spät. Wir haben mit den Amerikanern und den Briten hier an der Westfront noch die eine oder andere Rechnung offen. Wie der Plan im Einzelnen aussieht, weiß ich nicht. Doch ich bin mir sicher, dass es eine gewaltige Offensive sein muss. General Dietrich sagte mir in einem Gespräch, bevor ich mit meinen Kameraden zur Front aufbrach, dass unser Angriff in den Ardennen den Verlauf des Krieges verändern wird. Ich habe einige seiner neuen Panzer gesehen, als sie nachts mit dem Zug an einem Bahnhof ankamen. Es sind die besten der Welt."

„Jetzt wissen wir, warum wir Sie unbedingt finden sollten", sprach der Leutnant ganz leise. „Den ersten Teil unserer Aufgabe haben wir geschafft. Wenn uns die Amerikaner aber doch noch aufspüren, muss ich verhindern, dass Sie ihnen lebend in die Hände fallen. So lautet der Befehl, den ich von unserem General bekommen habe. Und jetzt, da der Feldwebel und ich wissen, was bald geschehen wird, werden wir ebenfalls sterben müssen, wenn wir es nicht rechtzeitig schaffen, die Front zu überqueren."

„Dann sollten wir hier nicht länger warten", sprach der Standartenführer. „Sobald der Angriff beginnt, sind wir in diesem Wald nicht mehr sicher."

Der Aufmarsch

Der Plan für die Bereitstellung der Panzerverbände war bis in jede Einzelheit durchdacht worden. Da eine Luftaufklärung der Amerikaner durch das schlechte Flugwetter behindert wurde, konnten die Truppen in der Nacht die meisten vorausberechneten Angriffsstellungen besetzen. Dabei täuschten die Kompanien, die in den vordersten Stellungen lagen, die amerikanischen Aufklärungseinheiten. Für die sah es so aus, als wären nur schwache Infanterieverbände der deutschen Wehrmacht an der vordersten Front, die schlecht ausgerüstet waren und die ihre Stellungen kaum halten konnten.

Da sich in den Ardennen nur wenige abgekämpfte amerikanische Divisionen befanden, sah es von ihrer Seite der Front her nach einem strategischen Pat aus. Doch dieser Eindruck täuschte vor allem ihre Aufklärung. In Wirklichkeit wurden die deutschen Divisionen immer mehr verstärkt.

Auch die Kompanie von Hauptmann Kramer bekam am frühen Morgen eine unerwartete Verstärkung. Der Tag war noch längst nicht angebrochen, als er von einem Hauptfeldwebel geweckt wurde. Zuerst dachte er, dass Stahl mit Siel und dem Standartenführer vorzeitig zurück wären. Als er jedoch fünf Minuten später die dreißig Soldaten sah, die seiner Truppe zugeteilt worden waren, konnte er sich denken, dass etwas in der Luft lag.

Einer seiner neuen Männer, es war ein älterer Leutnant, drückte ihm einen Umschlag in die Hände. „Den soll ich Ihnen vom Regimentsstab übergeben", erklärte der Offizier. Kramer nahm den Umschlag und betrachtete ihn für einen Moment. Dann drehte er sich zu dem Hauptfeldwebel um.

Er sollte dafür sorgen, dass die Verstärkung in den Quartieren untergebracht wurde. Danach ging er in seinen gut ausgebauten Unterstand. Dort öffnete er den Umschlag. Er las sich den Inhalt durch. Als er fertig war, rief er seinen Stellvertreter zu sich. Es war ein junger Oberleutnant, der noch nicht lange bei ihm in der Kompanie war. Er gab ihm den Befehl zu lesen, den er bekommen hatte.

„Wir werden also in knapp vierundzwanzig Stunden die Panzer begleiten, die weiter hinten im Wald ihre Stellungen haben", sprach Oberleutnant König, nach dem er mit dem Lesen fertig war. „Bei den Kameraden geht schon länger das Gerücht herum, dass irgendetwas in der Luft liegt. Die meisten Männer glauben allerdings, dass der Angriff von den Amerikanern ausgehen wird. Jetzt werden wir also den Tanz selbst eröffnen. Glauben Sie, Herr Hauptmann, dass wir dieses Mal wieder siegen werden?"

„Das kann ich Ihnen nicht sagen", antwortete Kramer. „Ich weiß nur, dass wir morgen angreifen. Für Stahl und Siel bedeutet das allerdings, dass sie sich beeilen müssen. Wenn es erst mal losgeht, wird niemand auf sie Rücksicht nehmen können. Dann sind sie auf sich allein gestellt."

„Hoffen wir, dass sie es schaffen und dass sie ihren Auftrag erfüllen", meinte der Oberleutnant.

„Mensch König, ich kenne Stahl schon einige Jahre", erklärte der Hauptmann. „Er war damals ein kleiner Feldwebel, als ich ihn in Russland an der Front das erste Mal traf. Stahl hatte gerade mit fünf seiner Kameraden einen russischen Oberst gefangen genommen und mitten in einer stürmischen Winternacht bei minus zwanzig Grad über die Front geprügelt, weil der Kerl sich so heftig gewehrt hatte. Er hat ihn halb tot abgeliefert. Dafür wurde er befördert. Sie sollten mal seine Orden sehen. Er besitzt eine stattliche Sammlung. Von diesen Auszeichnungen können die meisten hohen Offiziere nur träumen. Für mich ist er schon längst ein Kriegsheld."

„So lange wir solche Männer haben, besteht vielleicht noch Hoffnung", sprach Oberleutnant König nachdenklich aus, was er gerade dachte. „Doch wenn wir siegen wollen, brauchen wir eine Armee solcher Männer."

„Da haben Sie absolut recht", stimmte Kramer zu. „Doch die haben wir leider nicht. Was übrig bleibt, ist Leutnant Stahl. Ich bin mir sicher, dass er seinen Auftrag erfüllen wird."

„Da wäre noch eine andere Sache, Herr Hauptmann", sprach der Oberleutnant jetzt sehr eindringlich. „Stahl hat doch einen Haufen Ärger mit der Feldgendarmerie. Die werden sich vielleicht an ihm rächen wollen. Immerhin hat er einen ranghöheren Offizier geschlagen. Vor einigen Stunden hat mir eine Wache einen Kübelwagen gemeldet, der etwa zweihundert Meter hinter uns beim Waldrand neben einem Gebüsch steht. Ich nehme mal an, dass es sich um Feldgendarmen handelt, die hier etwas Bestimmtes vorhaben. Soll ich die mir mal ansehen oder wollen Sie die Sache selbst regeln?"

„Das übernehme ich", antwortete Kramer. „Suchen Sie uns vier zuverlässige Kameraden aus, die auch ordentlich austeilen können, wenn es darauf ankommt. Die sollen sich bereithalten und den Wagen beobachten. Auf keinen Fall dürfen sie etwas auf eigene Faust unternehmen. Ich werde den Stab von General Dietrich informieren. Soll sich doch die SS mit diesen Kerlen herumärgern. Die Hauptsache ist, dass sie von hier verschwinden. Der Krieg ist auch ohne diese Schmeißfliegen schon schlimm genug."

Der Oberleutnant nickte dem Hauptmann zustimmend zu. Er musste an seine Heimatstadt Hamburg denken. Ein großer Teil dieser einst so schönen Hafenstadt lag in Trümmern. Seine Eltern waren ausgebombt worden. Die Briten hatten es mit ihren Nachtangriffen geschafft, vielen Menschen in dieser Stadt das Dach über dem Kopf weg zu sprengen. Das war schon über ein Jahr her. Jetzt wohnten die Eltern bei Verwandten am Stadtrand.

Seine Gedanken kehrten zu dem Befehl zurück, den der Hauptmann bekommen hatte. In vierundzwanzig Stunden sollte also der Angriff beginnen. Vielleicht gelang es ihnen ja wirklich, dem Feind eine empfindliche Niederlage beizubringen.

Ob das die Wende des Krieges sein würde, war aber fraglich. König war über ein Jahr an der Ostfront gewesen. Soweit er die Russen kannte, würden die sich bestimmt nicht so leicht von einer deutschen Offensive in den Ardennen beeindrucken lassen.

„Ich bin mir sicher, dass der Führer und das Oberkommando alles sorgfältig geplant haben", sprach der Hauptmann, als er die nachdenkliche Miene des Oberleutnants sah. „Sie werden aus den Fehlern der Vergangenheit gelernt haben. Außerdem haben wir jede Menge neuartige Waffen. Dieser neuen Tiger-Panzer zum Beispiel

– die sollen die beste Panzerung haben, die unsere Ingenieure entwickeln konnten. Morgen werden wir sehen, wie gut diese Panzer wirklich sind."

„Ja, das werden wir, Herr Hauptman", entgegnete König voller Zweifel. „Ich bin mir nur nicht sicher, ob sie allein ausreichen werden."

Der Tag kommt

General Dietrich war nicht gerade erfreut, als er erfuhr, dass einige Männer der Feldgendarmerie einen kleinen Racheakt gegen Leutnant Stahl planen könnten. Da er sich als Befehlshaber der 6. SS-Panzerarmee nicht selbst um diese für ihn sehr unerfreuliche Angelegenheit kümmern konnte, schickte er Sturmbannführer Angerfeld mit zwei SS-Soldaten zu Hauptmann Kramer. Er sollte die Sache so unauffällig wie möglich klären. Kein Feldgendarm durfte die Mission des Leutnants gefährden.

Davon bekamen Stahl, Siel und Tassler natürlich nichts mit. Sie hatten sich in der Nacht bis zu einer verfallenen Jagdhütte geschlichen. Die lag abseits von allen Wegen und war nicht so leicht zu finden. Stahl hoffte, dass ihre Verfolger die Hütte nicht kannten.

Das Dach war voller Löcher und in den Fenstern fehlte das Glas. Die einzige Tür lag mitten in der Hütte. Auf den Möbeln sammelten sich der Staub und das Laub des Waldes. Überall gab es Spinnweben. Trotzdem bot die Hütte ein wenig Schutz.

Als Tassler eine Falltür entdeckte, wurde bei den drei Flüchtlingen die Neugierde geweckt. Trotz ihrer Müdigkeit wollten sie wissen, was sich unter der Falltür befand. Sie waren sehr erstaunt, als sie in einem großen Kellerraum die Gerätschaften einer Schwarzbrennerei entdeckten. In einem Regal standen einige Flaschen, in denen sich vermutlich der fertige Schnaps befand.

„Der Besitzer dieser Hütte muss gewusst haben, dass heute drei durstige Wanderer hier vorbeikommen", sprach Tassler voller Freude, als er in den Keller stieg und gleich darauf eine volle Flasche in seinen Händen hielt.

Mit glänzenden Augen betrachtete er das Objekt seiner Begierde. Die Strapazen der letzten Nacht schienen für den Standartenführer vergessen zu sein. Er kam aus dem Keller heraus und suchte sofort in einem Schrank nach Gläsern oder irgendwelchen Bechern. Er fand jedoch nicht das, was er suchte. Trotzdem zog er den Korken aus dem Flaschenhals und trank einen großen Schluck.

Der Schnaps musste allerdings so stark sein, dass er die raue Kehle von Tassler zum Husten brachte. Den zweiten Schluck trank er etwas vorsichtiger, bevor er die Flasche Stahl übergab. Der trank ebenfalls vorsichtig einen Schluck. Dann reichte er die Flasche an Siel weiter.

„Mein Gott, ist das ein starkes Zeug", sprach Siel, nachdem er den Schnaps mit Mühe und Not heruntergeschluckt hatte. „Der vertreibt einem die Kälte und die müden Geister."

Stahl und Tassler mussten lachen. Sie beschlossen, sich in der Hütte ein wenig auszuruhen. Zum Glück für sie hatten sie ihren Proviant bei sich. Nach dem Frühstück fühlten sie sich schon viel besser. Ab und zu sah einer von ihnen aus einem der kaputten Fenster. Es war jedoch niemand zu sehen.

Tassler und Siel legten sich auf dem Boden der Hütte. Sie schliefen sehr schnell ein. Deshalb übernahm Stahl die erste Wache. Bis zum Abend wollten sie warten. Die Front konnte nicht mehr weit sein. Vielleicht gaben ihre Verfolger die Jagd nach ihnen auf.

Zur gleichen Zeit kam Sturmbannführer Angerfeld im Unterstand von Hauptmann Kramer an. Er fand es sehr gut, dass Kramer sofort den Stab von General Dietrich informiert hatte. Mit ihm und zwei seiner SS-Soldaten fuhr der Sturmbannführer zu dem Kübelwagen der beiden Feldgendarmen.

Die waren sehr überrascht, als der Hauptmann die Fahrertür aufriss und gleich darauf die zwei Gestalten in dem Auto mit funkelnden Augen ansah.

„Sofort aussteigen und Meldung machen!", brüllte Kramer die Feldgendarmen an.

Völlig verdattert sprangen sie aus dem Kübelwagen. Sie stellten sich sofort vor dem Hauptmann und den Sturmbannführer auf, grüßten mit „Heil Hitler", und streckten dabei ihre rechten Arme in die Höhe.

Jetzt war Angerfeld an der Reihe. Er erklärte ihnen, dass sie hier nichts verloren hatten und dass sie zu ihrer Kompanie zurückkehren sollten. Und wenn sie oder der Kommandeur ihrer Einheit weiter irgendwelche Rachepläne schmieden würden, müsste sich die SS in die Angelegenheit einmischen.

„Entschuldigen Sie, Herr Sturmbannführer", versuchte Unteroffizier Wagner sich selbst und den Gefreiten zu verteidigen. „Wir haben von Major Strecker den schriftlichen Befehl bekommen, hier eine Überwachung durchzuführen."

Wagner zeigte dem SS-Offizier den Befehl. Der las ihn sich durch, bevor er ihn zurückgab. Dann sah er in den Kübelwagen. Dort lag auf dem Rücksitz das Funkgerät. Er ahnte sofort, was diese zwei Kerle von der Feldgendarmerie wirklich vorhatten. Er nahm es an sich und überprüfte die eingestellte Frequenz. Dann sah er zu Wagner und Schulz.

„Nun ist mir alles klar", sprach Angerfeld zu Kramer. „Diese zwei Halunken warten hier auf die Rückkehr von Leutnant Stahl. Die eingestellte Frequenz des Funkgeräts beweist, dass sie die Amerikaner warnen wollten, sobald sie die Leuchtrakete sehen, die Stahl abschießt, damit Ihre Soldaten wissen das er zurückkommt."

„Das ist ein SCR-636", sprach der Hauptmann erstaunt zu den zwei Feldjägern. „Niemand von uns benutzt so ein Funkgerät. Was ihr vorhattet, ist Hochverrat. Dafür können wir euch an die Wand stellen."

„Das war nicht unsere Idee", fing Schuster jetzt an zu jammern.

„Halt dein blödes Maul", fauchte ihn Wagner an. Es half jedoch nichts mehr.

Angerfeld grinste die beiden Männer übertrieben freundlich an. „Wenn Sie mir bitte folgen würden, meine Herren. Sie sind verhaftet und ich werde mir auch Ihren Major Strecker holen. Diesen Drecksack konnte ich sowieso noch nie leiden."

Die beiden Verhafteten mussten sich entwaffnen lassen. Anschließend wurden sie mit erhobenen Händen abgeführt. Der Sturmbannführer versprach Kramer, sich endgültig um diese Angelegenheit zu kümmern. Verräterische Feldgendarmen, so sagte er dem Hauptmann, wären seine Spezialität.

Zufrieden sah Kramer Angerfeld nach, der sich in seinen Dienstwagen setzte und davonfuhr. Seine SS-Soldaten fesselten Wagner und Schuster. Dann fuhren sie im Kübelwagen mit Ihren Gefangenen dem Mercedes ihres Vorgesetzten hinterher.

Stahl saß zur gleichen Zeit in der Hütte auf einem Stuhl. Besonders bequem war der nicht. Er war trotzdem eingeschlafen. Die Müdigkeit und die Strapazen der letzten Nacht forderten auch von ihm ihren Tribut. Als er wieder aufwachte, stand Tassler mit seiner Maschinenpistole an einem der Fenster.

„Ich wollte sie nicht wecken", sagte er leise. „Sie riskieren beide so viel für mich, dass Sie ihren Schlaf absolut verdient haben."

„Gibt es im Wald irgendetwas Besonderes zu sehen?", fragte der Leutnant.

„Nein, es ist alles ganz ruhig", antwortete der Standartenführer.

„Wissen Sie, ich frage mich, wieso ein Mann wie Sie von General Dietrich zur Beobachtung an die Front geschickt wird", sprach Stahl aus, was ihm schon länger durch den Kopf ging.

„Seit dem Feldzug gegen Polen war ich immer an der Front", antwortete Tassler, ohne seine Augen von dem Wald abzuwenden. „Ich habe keine Frau, keine Kinder oder sonst irgendwelche Verwandten. Deshalb bin ich viel entbehrlicher als die meisten anderen Offiziere. Außerdem weiß der General genau, dass ich ihn niemals enttäuschen werde. Er nennt mich immer sein Glücksschwein, wenn wir unter vier Augen sind. Ich weiß auch, dass viele Männer der SS sich eher wie die Drecksäue benehmen. So ein Mann will ich nicht sein. Deshalb bin ich nicht bei der kämpfenden Truppe. Ich will, dass Deutschland noch eine letzte Chance hat. Das wollen Sie und Ihr Feldwebel bestimmt auch, Herr Leutnant. Oder sehen Sie lieber zu, wie unsere Heimat überrannt wird, und anschließend unter geht, wie ein Schiff, das im Sturm auf hoher See keine Chance hat?"

„Nein, da kann ich nicht zusehen", erwiderte Stahl. „Und der Feldwebel kann das auch nicht. Es ist wohl der wichtigste Grund, warum wir bis heute noch durchgehalten haben."

„Da bin ich ganz Ihrer Meinung", stimmte Tassler zu. „Der Feldwebel schläft noch immer wie ein Baby und wir haben es fast Mittag. Mal sehen, was uns der Tag noch bringt. Ich bin Ihnen jedenfalls für Ihre Hilfe sehr dankbar."

Gegen jede Vernunft

Sergeant Parker wollte nicht, dass der Tiger-Panzer im Wald zurückblieb. Deshalb holte er sich von Major Rosenbach die Erlaubnis, einen Soldaten zurück ins Lager zu schicken. Er bekam den Befehl, dort Verstärkung anfordern und einen Reparaturtrupp zusammenstellen. Mit ihm sollte der Panzer geborgen und wieder einsatzbereit gemacht werden.

Rosenbach stimmte ihm zu, als Parker ihm erklärte, dass die Männer, die ihn erbeutet hatten, tot seinen und das auch deshalb die drei flüchtigen Deutschen nicht am Leben bleiben durften. Seit dem frühen Morgen verfolgten sie die Spuren, die sie im Schnee und auf dem Waldboden fanden. Oft genug waren es aber die Stiefelabdrücke von einer ihrer eigenen Patrouillen.

Da es bereits mehrere Suchmannschaften gab, wusste bis zum Mittag niemand mehr, wem welche Spuren gehörten. Völlig verzweifelt beschloss der Major deshalb, eine Pause einzulegen. Wenn er hungrig war, konnte er keine guten Entscheidungen treffen. Mit Corned Beef aus der Dose und ein Stück Brot im Magen konnte er gleich besser nachdenken. Das Ganze spülte er mit einem Schluck Wasser herunter.

Nach dem Essen beriet sich Rosenbach mit Parker. Sie wussten beide, dass sie keine Spur mehr finden würden, die zu den drei entflohenen Deutschen führte. Jetzt versuchten sie, mit der Hilfe ihrer Karten herauszufinden, welche Möglichkeiten jede Seite noch hatte.

„Ich bin der Meinung, dass sich diese drei Krauts irgendwo verkrochen haben", erklärte Parker. „Hier gibt es genügend Verstecke und wenn die sich hier auskennen, finden wir sie nicht so schnell. In diesem verdammten Gebirge gibt es zu viele Bäume, zu viele Bäche und zu viele abgelegene Verstecke."

Rosenbach wollte etwas erwidern. Der Soldat, den Parker zum Lager geschickt hatte, war jedoch gerade eben zurückgekehrt.

„Ich melde, dass es keine Verstärkung geben wird", berichtete er dem Major. „Im Lager wird jeder Mann gebraucht. Es gibt einfach zu viele Verwundete, um die sich gekümmert werden muss. Der Tiger kann erst in einigen Tagen geborgen werden. Das Lager ist viel wichtiger. Einer der Ärzte hat jetzt dort das Sagen."

„Danke, Sie können wegtreten und sich ausruhen", sprach Rosenbach zu dem Soldaten.

„Wir sind also auf uns allein gestellt", meinte Parker leise. „Drei von unseren Männern haben wir schon verloren. Zwei durch die Falle unter der Panzerluke und den Spurensucher, der sich zu weit vorgewagt hatte. Wir sollten die Jagd nach diesen drei Krauts abbrechen und zum Lager zurückkehren. Da werden wir bestimmt dringender gebraucht."

„Nein, das geht nicht", erwiderte Rosenbach sofort. „Warum sollten wir das machen? Vielleicht sind wir ihnen ja dicht auf den Fersen? Sie haben sich hier irgendwo versteckt. Da bin ich mir ganz sicher."

„Nur zu dumm, dass wir sie nicht finden können", entgegnete Parker leicht verärgert. „Die werden erst aus ihrem Versteck herauskommen, wenn es dunkel wird. Dann sehen wir sie nicht mehr so gut. Ihr Ziel ist das Überqueren der Frontlinie. Sicherlich kennen sie eine bestimmte Stelle, wo es für sie leicht ist, sich durch unsere Stellungen zu schleichen. Und wenn sie Glück haben, bekommen wir das überhaupt nicht mit."

„Da könnten sie recht haben", stimmte der Major zu. „Doch ich glaube zu wissen, wo sich die Stelle befindet, die sie überqueren wollen." Rosenbach tippte mit dem Zeigefinger seiner rechten Hand auf einen bestimmten Punkt seiner Karte. „An dieser Stelle sind zwei von den Deutschen in der letzten Nacht von Ihrer Patrouille gefangen genommen worden. Ich gehe jede Wette ein, dass sie wieder dort hingehen.

Wir sollten sie also genau da erwarten. In zehn Minuten marschieren wir zu diesem Ort hin."

Der Sergeant fand das alles nicht besonders vernünftig. Immerhin lagen dort, wo der Major sie abfangen wollte, einige sehr gute Einheiten der amerikanischen Armee in der Nähe. Die konnte man über Funk vorwarnen. Er vermutete aber, dass Rosenbach genau das nicht machen wollte.

Dieser Mann hatte etwas anderes vor. Mit Sicherheit wollte er sich rächen und er wollte bestimmt auch beweisen, dass er ein guter Offizier ist. Vielleicht wollte er sich auch nur einen von diesen Orden verdienen, für die erst viele gute Soldaten sterben müssen, damit ein ehrgeiziger Offizier mit so einem Ding bei seinen Freunden prahlen kann.

Parker wusste aus Erfahrung sehr gut, dass solche Vorgesetzten oft die gefährlichsten Männer waren. Für einen Orden oder eine Beförderung gingen sie über Leichen.

Bei diesem Gedanken sah er dem Major in die Augen. Der Mann sah übermüdet aus, fast so als wäre er krank. Vielleicht war ja sein maßloser Ehrgeiz eine Krankheit. Eine gutplatzierte Kugel aus einem deutschen Gewehr würde ihn bestimmt von dieser Krankheit heilen. Da war sich der Sergeant sicher.

„Na gut, Sir. Was schlagen Sie jetzt vor?", fragte Parker, obwohl er sich denken konnte, wie es gleich weitergehen würde.

„Wir werden bis in die Nähe unserer Frontstellungen gehen", entschied der Major. „Etwa eine halbe Meile hinter den letzten Stellungen legen wir uns auf die Lauer. Wir erkunden das Gelände und wir werden alle Vorsichtsmaßnahmen treffen, die uns helfen werden. Wenn dieser Standartenführer und seine zwei Freunde denken, dass sie uns entkommen können, werden wir sie vom Gegenteil überzeugen."

„Alles klar, Sir", sprach Parker zu ihm. „Ich sorge dafür, dass wir in zehn Minuten abmarschbereit sind."

Es dauerte eine Weile, bis die kleine Truppe in die Nähe der Front kam. Immer wieder hielten sie nach den drei entflohenen Deutschen Ausschau. Es war jedoch nichts von ihnen zu sehen. Als der Abend anbrach, glaubte Rosenbach die richtige Stellung für einen Hinterhalt gefunden zu haben.

Bei einer Straße, die quer zur Frontlinie verlief, standen die Überreste eines kleinen Hauses. Es gehörte sicherlich vor dem Krieg einem Förster. In der Ruine lagen noch die Überreste einiger Jagdtrophäen und die kaputten Möbel. Alles war mit Laub und Schnee bedeckt. Trotzdem befahl der Major, dass seine Männer dort ihre Stellungen beziehen sollten.

Kurz darauf, als es immer dunkler wurde, beschlossen Stahl und seine beiden Begleiter, die Hütte mit der illegalen Schnapsbrennerei zu verlassen. Sie waren noch nicht ganz nüchtern, doch die Wirkung des hochprozentigen Getränks ließ immer mehr nach.

„Ein heißes Getränk würde uns jetzt guttun", meinte Tassler, als sie die Hütte verließen.

„Wie wäre es mit einem steifen Grog?", fragte Siel. „Der würde Sie bestimmt aufmuntern."

„Eine Tasse Tee würde mir genügen", antwortete der Standartenführer.

„Seid leise", ermahnte der Leutnant sie. „Hier können überall die Amerikaner auf uns lauern."

„Wenn ich mich nicht irre, sind wir etwa einen Kilometer von einem alten Forsthaus entfernt", sprach Tassler ganz leise. „Ich kenne es, denn wir wurden in der Nähe von einer größeren Einheit umstellt. Sie haben meine Männer zusammengeschlagen, obwohl sie sich ergeben hatten. Mich haben sie auch verprügelt und dann zu diesem Rosenbach gebracht. Wäre dieses alte Forsthaus nicht der ideale Ort, um auf uns zu warten?"

„Wir kennen es auch", antwortete Stahl. „Deshalb gehen wir dort hin. Vielleicht treffen wir da den Major, der Ihnen dieses Serum verpasst hat. Sie haben sicherlich noch einige Fragen, die sie ihm stellen wollen. Außerdem haben wir bis Mitternacht noch genügend Zeit."

„Wenn wir Glück haben, hocken der Major und alle seine Soldaten in der Ruine", meinte Siel. „Dann werden wir sie ganz leicht los."

„Und wie wollen sie das anstellen?", fragte Tassler.

„Wir kennen die Ruine und die nähere Umgebung", antwortete Stahl. „Deshalb wissen wir auch, dass es eine gute Stelle ist, um sich auf die Lauer zu legen, wenn dort kein Schnee liegt. Jetzt ist die Ruine jedoch eingeschneit. Deshalb kann man sogar in der Nacht mit einem Gewehr den einen oder anderen guten Schuss abgeben."

„Was glauben Sie, Herr Standartenführer, was geschieht, wenn zwei oder drei Soldaten ganz plötzlich tödlich getroffen in der Ruine liegen?", fragte Siel mit einem breiten Grinsen.

„Die anderen werden wahrscheinlich versuchen, abzuhauen", antwortete Tassler.

„Genau das wird geschehen", stimmte Siel zu. „Und da Angst und Panik keine guten Ratgeber sind, werden sie auch keine guten Entscheidungen treffen."

Jetzt hatte der Standartenführer den Plan verstanden. Er sah zu Siels Gewehr. Es hatte nicht umsonst ein Zielfernrohr. Das Gewehr des Leutnants war ebenfalls mit einem Fernrohr ausgerüstet. Mit so einer Waffe konnte man aus großer Entfernung einen Gegner töten. Man musste nur ein guter Schütze sein.

Vorsichtig schlichen die drei Männer durch den Wald. Sie vermieden jedes Geräusch und sie achteten auf ihre Umgebung. Ab und zu blieben sie stehen. Dann duckten sie sich und lauschten.

Sergeant Parker brach zur gleichen Zeit mit einem Soldaten zu einer Patrouille auf. Er wollte die nähere Umgebung nach Spuren absuchen und nachsehen, wie weit sie von der Frontlinie entfernt waren, bevor die Nacht endgültig hereinbrach.

Nur sehr zögerlich hatte Rosenbach dieser Patrouille zugestimmt. Er hielt Parker für den besten Soldaten seiner kleinen Truppe. Wenn er nicht in seiner Nähe war, fühlte sich der Major noch unsicherer.

Für Stahl und Siel waren der Sergeant und sein Begleiter ideale Ziele. Sie hatten etwas mehr als zweihundert Meter entfernt einen umgestürzten Baum gefunden. Hinter ihm breiteten sie eine Plane aus, damit der Schnee sie nicht durchnässen konnte. Dann sahen sie zu, wie sich die beiden Amerikaner immer weiter von der Ruine entfernten. Tassler schaute sich mit einem Fernglas die Umgebung an. Er erkannte die Männer in der Ruine. Mit einem Lächeln beobachtete er danach die Patrouille.

Der Wind kam ihnen entgegen. Er würde einen großen Teil vom Schall des Knalls davontragen, den jeder Schuss erzeugte. Deshalb würden die Amerikaner in der Ruine ihn nur sehr leise hören können.

„So eine Gelegenheit bekommen wir nicht wieder", flüsterte Tassler. „Ihr solltet nicht mehr zögern."

„Beobachten Sie die Ruine", flüsterte der Leutnant zurück. „Wir übernehmen diese zwei Amateure."

Stahl und Siel zielten mit ihren Gewehren auf den Sergeanten und den Soldaten. „Ich nehme den Größeren, der sich gerade bückt", flüsterte der Leutnant dem Feldwebel zu. „Sobald er aufsteht, lassen wir es krachen. Haben Sie den anderen Kerl gut im Visier?"

„Der ist schon so gut wie tot", entgegnete Siel leise.

Parker hatte die Spur eines Hirsches entdeckt. Solche Spuren kannte er aus seiner Heimat. Früher war er oft mit seinem Vater auf der Jagd gewesen. Jetzt erinnerte er sich daran. Als er sich wieder aufrichtete, spürte er einen Schmerz in seiner Brust. Er wollte sich umdrehen, um zu dem Soldaten zu sehen, der neben ihm stehen sollte. Ihm wurde jedoch schwarz vor den Augen.

Noch bevor Parkers Hände den Schnee berührten, war er bereits tot. Neben ihm lag der Soldat mit offenen Augen. Auf dem Schnee vermischte sich sein Blut mit dem Blut des Sergeanten. Sie hatten beide den Schmerz in der Brust kaum gespürt.

Tatsächlich hatte der Wind verhindert, dass die Schüsse in der Ruine gut zu hören waren.

Hinter dem Major hockte ein Soldat in einer Ecke. Ein Stück neben ihm duckte sich der Nächste bei den Trümmern des eingestürzten Daches. Sie sahen immer wieder in jede Richtung. Durch den Schnee waren sie gut zu sehen. Sie ähnelten schwarzen Schatten, die sich immer wieder bewegten.

„Da hat doch irgendwo in der Ferne jemand geschossen", flüsterte ein Soldat dem Major zu.

„Das ist Unsinn", entgegnete Rosenbach sofort. Dabei spürte er deutlich, wie sich in seinem Kopf die Angst ausbreitete. „Das kann nur ein Ast gewesen sein, den der Wind von einem Baum abgebrochen hat."

Gleich darauf waren wieder kurz hintereinander zwei Schüsse zu hören. Dieses Mal wurden zwei Soldaten getroffen, die rechts und links neben dem Major liegen blieben. Trotz der stärker aufkommenden Dunkelheit waren ihre Augen gut zu erkennen. Sie starrten ins Leere.

„Die haben uns entdeckt!", rief einer der vier Soldaten, die mit dem Major noch lebend in der Ruine hockten. „Jetzt knallen sie uns alle wie die Hasen ab!"

Der Soldat, der das gerufen hatte, wollte in Panik aufspringen und davonlaufen. Doch gleich darauf traf ihn eine Kugel in der Brust. Er fiel auf den Boden und blieb regungslos liegen. Ein anderer Soldat wollte sich sofort um ihn kümmern. Er blieb gleich neben ihm liegen.

Jetzt war der Major mit den letzten beiden Männern seiner Truppe allein in der Ruine. Sie sahen ängstlich zu ihm. Für einen Augenblick konnte keiner von ihnen etwas sagen. Rosenbach zitterte am ganzen Körper. Sie duckten sich zwischen den Resten des alten Forsthauses.

Als in den nächsten zwei Minuten nichts geschah, sah einer der beiden Soldaten vorsichtig über den Mauerrest, der ihm als Deckung diente. Von irgendeinem feindlichen Schützen war nichts zu sehen.

„Sind sie weg?", fragte der Major ganz leise mit zittriger Stimme.

„Sir, ich weiß es nicht", antwortete der Soldat. „Aus welcher Richtung kamen überhaupt die Schüsse?"

Drei Stunden bis Mitternacht

Mit dem Fernglas suchte der Standartenführer die Umgebung des alten Forsthauses ab. In der Ruine konnten sich höchstens noch drei Amerikaner befinden, die seiner Meinung nach am Leben waren. Zwei Leichen lagen weiter weg im Schnee. Mehr war nicht zu entdecken.

„Was machen wir jetzt?", wollte er von dem Leutnant wissen. „Erledigen wir den Rest der Bande oder schleichen wir uns an ihnen vorbei?"

„Die letzten drei Narren sehen wir uns aus der Nähe an", antwortete Stahl. „Wir haben noch vier Stunden Zeit. Bis Mitternacht sind wir am vereinbarten Treffpunkt. Dann bringen wir Sie in Sicherheit. General Dietrich wird schon sehnsüchtig auf sie warten, Herr Standartenführer."

„Vielleicht ist ja ihr Freund, der jüdische Major, noch am Leben", sprach Siel zu Tassler. „Bei dem schlechten Licht konnte ich es nicht so genau erkennen."

Der Standartenführer verzog seinen Mund zu einem hässlichen Grinsen. Er sagte jedoch nicht weiter dazu. In seinem Kopf machte sich jedoch sofort eine Frage breit, die er sich nicht so leicht beantworten konnte. Was würde er tun, wenn dieser Rosenbach am Leben war? Würde er ihn töten oder überließ er die Antwort auf diese Frage lieber dem Leutnant?

Stahl stand als Erster auf. Siel und Tassler folgten ihm. Sie schlichen zu der Ruine und teilten sich auf, als sie in der Nähe waren. Von drei Seiten schlichen sie sich gleichzeitig bis an die Mauerreste heran. Was sie entdeckten, waren drei ängstliche Soldaten, die sich sofort ergaben. Mit hochgestreckten Händen ließen sie sich von dem Feldwebel entwaffnen.

„Wir möchten nach den Regeln der Genfer Konvention behandelt werden", erklärte der Major sofort.

„Ach wirklich?", fragte Siel. „Wenn ihr Amerikaner gefangen genommen werdet, dann ist plötzlich diese Konvention in Kraft. Doch wenn ihr uns gefangen nehmt, dann nehmt ihr es mit ihr nicht so genau. Ihr glaubt doch nicht im Ernst, dass ihr uns verarschen könnt?"

„Der Feldwebel hat recht", stimmte Tassler zu. „Das Foltern von Kriegsgefangenen ist zum Beispiel laut Genfer Konvention geächtet. Dazu gehört auch das Erzwingen von Aussagen, um Informationen zu erlangen."

Siel hatte bei Rosenbach in einer Innentasche seines Uniformmantels eine kleine Ledertasche gefunden. Er gab sie dem Standartenführer. Der öffnete die Tasche. Ein teuflisches Lächeln erschien in seinem Gesicht, als er sah, was sich in ihr befand.

„Na sieh mal einer an", sprach er zu Rosenbach. „Sie haben tatsächlich zwei Spritzen und zwei Fläschchen mit Ihrem allseits beliebten

Wahrheitsserum bei sich. Was hatten Sie denn damit vor?“

„Vielleicht ist das ja seine Notfallration?“, meinte Stahl. Dabei betrachtete er die Spritzen und die Fläschchen.

„Ich nehme mal an, dass keiner von euch vorhatte, uns lebend in dieses Lager zurückzubringen“, sprach Siel aus, was er vermutete.

„Ist das so?“, fragte Tassler den Major. „Wollten Sie uns sofort verhören, sobald wir Ihnen lebend in die Hände fallen? Und wollten Sie uns danach töten?“

„Das war nie unsere Absicht“, antwortete Rosenbach. Dabei zitterte seine Stimme vor Angst. „Ich bin für eine humane Befragung von Gefangenen. Das Serum hilft mir nur dabei. Ich wollte nie jemanden verletzen. Das ist gegen meine Prinzipien.“

„Sie nehmen es uns doch nicht übel, wenn wir das etwas anders sehen“, erwiderte Siel. „Die Nachwirkungen, die der Herr Standartenführer wegen diesem Zeug hatte, sind nicht gerade schön.“

„Das stimmt“, sprach Tassler. „Die Kopfschmerzen sind die reinste Hölle.“

„Ein Mann wie Sie hat noch ganz andere Höllenqualen verdient“, begehrte der Major auf. „SS-Männer wie Sie haben genügend Schuld auf sich geladen.“

„Ich habe nie etwas Unehrenhaftes getan“, erklärte Tassler. „An der Ostfront habe ich eine Panzereinheit kommandiert, bis ich zur Westfront versetzt wurde. Und das, was Sie von mir wissen wollten, kann nicht mehr verhindert werden. Dafür ist es bereits zu spät.“

„Also doch!", rief Rosenbach voller Wut. „Ihr habt eine Offensive geplant! Ich wusste es gleich, als ich Sie gesehen habe. Sie sind ein Panzerspezialist und Sie sollten die besten Wege und alle Angriffsziele auskundschaften. Dann hätten Sie weniger Probleme mit unserem Widerstand."

„Genauso ist es", sprach Tassler. „Ihr Serum werde ich unseren Experten übergeben. Die werden bald herausfinden, was es mit dem Zeug auf sich hat. Und was mit Ihnen und Ihren zwei Soldaten geschieht, überlasse ich dem Leutnant. Mal sehen, ob er sich noch an den Text Ihrer Genfer Konvention erinnern kann. Ich würde allerdings nicht darauf wetten."

Rosenbach und seine beiden Soldaten wurden gefesselt und geknebelt. Dann wurden sie an einen kaputten Tisch gefesselt, der so groß und so schwer war, dass ihn so schnell niemand wegtragen konnte. Unter der Tischplatte befanden sich eine eiserne Achse und eine Kurbel, mit der früher die Tischhöhe eingestellt wurde.

So schnell würden es die drei Gefangenen nicht schaffen, sich zu befreien und die nächste amerikanische Einheit zu finden.

Stahl sah auf seine Uhr. Jetzt hatten sie noch drei Stunden Zeit, um den Treffpunkt zu erreichen. Die Waffen der drei Amerikaner verteilten sie im Wald, nachdem sie die Munition entfernt hatten. Dann schlichen sie vorsichtig weiter durch die Dunkelheit der Nacht.

Nach einer weiteren Stunde waren sie in der Nähe einer amerikanischen Truppe angekommen, die es sich in einem Bunker bequem gemacht hatte. Vor dem Bunkereingang stand ein

Grill. Ein Soldat wendete darauf mit einer großen Gabel mehrere Fleischstücke.

„Die lassen es sich hier gut gehen", flüsterte Siel. „Bei dem Geruch von ihrem Essen knurrt mir der Magen."

„So ahnungslos, wie die hier sind, wissen die auf keinen Fall, was bald kommen wird", flüsterte Tassler.

„Es wird also wirklich eine Offensive geben", flüsterte Stahl zurück. „Die Panzer, die wir hinter unserer Frontlinie gesehen haben, sind ein Teil davon."

„Das war nicht meine Idee", sprach der Standartenführer so leise, als wollte er nur mit sich selbst reden. „Wenn es nach mir gehen würde, wären wir alle längst zu Hause."

Stahl wusste sehr gut, was Tassler meinte. Das ausgerechnet er so dachte, verwunderte ihn allerdings. Sonst waren die Männer der SS so scharf auf große Schlachten. Jetzt sollte eine dieser Schlachten kommen und er wollte lieber nach Hause gehen. Bei diesem Gedanken musste er lächeln. Trotzdem war ihm klar, dass niemand jetzt einfach so weggehen konnte. Er sah noch einmal zu dem Bunker und dem Amerikaner, der auf dem Grill das Fleisch wendete und dann einen vollen Teller in den Bunker brachte.

Stahl entschloss sich, in einem großen Bogen die feindliche Truppe zu umgehen. Dadurch gelangten sie in die Nähe der Stelle, die für das Überqueren der Front vorgesehen war. Jetzt mussten sie noch ein wenig warten. Bis Mitternacht waren es noch fast zwei Stunden.

Zur gleichen Zeit versuchten Rosenbach und seine beiden Soldaten, ihre Fesseln loszuwerden. Das war jedoch nicht so einfach. An dem kaputten Tisch gab es keine scharfen Ecken oder Kanten, die sie benutzen konnten. Und auf dem Boden lagen keine Gegenstände in der Nähe, die groß und scharf genug waren. Es gab nur morsche Äste, Laub, Erde und kleine Steine. Glasscherben oder etwas Ähnliches lagen nicht herum.

Erst nach über einer Stunde kam einer der Soldaten auf die Idee, seinen Körper so zu strecken, dass der Tisch verschoben werden konnte. Obwohl ihm auf einer Seite ein Tischbein fehlte, war er sehr schwer. Sie mussten ihre ganze Kraft aufwenden. Dabei zogen sich die Fesseln zusammen. Sie schnitten in die Haut ein und Rosenbach hätte am liebsten vor Wut und Schmerzen laut aufgeschrien. Der Knebel in seinem Mund hinderte ihn daran.

Es gelang ihnen, den Tisch bis an einen Mauerrest zu schieben. Dort lagen einige zerbrochene Ziegelsteine. Rosenbach tastete den Boden ab, bis er ein Stück Ziegel zu fassen bekam. Es war groß und scharf genug, um die Fesseln Stück für Stück zu durchtrennen. Er konnte sich schließlich befreien.

Nachdem er seinen Knebel losgeworden war, zerschnitt er die Fesseln der Soldaten. Dann setzte er sich auf einen alten Schemel, der neben dem Tisch stand. Er war völlig erschöpft und die Kälte kroch ihm in seine Uniform. Zitternd sah er zu den Soldaten.

„Kann jemand von euch ein Feuer machen?", fragte der Major. „Es wäre schön, wenn wir uns wenigstens aufwärmen könnten."

„Die Deutschen haben meine Streichhölzer weggeworfen", antwortete einer der zwei Soldaten. „Wir werden sie suchen gehen. Sollten wir unsere Waffen und die Munition finden, bringen wir alles hier her. Bleiben Sie in der Ruine und warten Sie auf uns, Sir. Wir sind bald zurück."

Rosenbach nickte nur. Er sah zu, wie die Soldaten auf die Suche gingen. Dabei rieb er sich seine erfrorenen Hände. Immer wieder versuchte er, sie mit seinem Atem etwas zu erwärmen.

Es dauerte eine Weile, bis die Soldaten zurückkamen. Sie hatten tatsächlich die Streichhölzer gefunden. Die Waffen waren nicht mehr zu gebrauchen und das Feuer war ihnen jetzt viel wichtiger.

Als mitten in der Ruine die Flammen in den nächtlichen Himmel stiegen und Rosenbach sich mit den beiden Soldaten gemeinsam aufwärmte, wurden sie von einer ihrer Patrouillen entdeckt. Ein Korporal und drei Soldaten näherten sich ihnen. Die waren sehr erstaunt, als sie den Major und seine zwei Männer entdeckten. Als sie hörten, was Rosenbach ihnen berichtete, wollte einer von ihnen einen Alarmschuss abgeben.

In diesem Augenblick stieg jedoch eine rote Signalrakete in den Himmel. Sie war schon aus einiger Entfernung deutlich zu sehen. Die Amerikaner konnten ihr nur zusehen, wie sie einen großen Bogen flog, bevor sie langsam am nächtlichen Horizont verschwand.

„Das waren diese drei Deutschen", sprach Rosenbach aus, was er gerade dachte. „Sie überqueren die Frontlinie und wir können sie nicht aufhalten."

Die Schlacht beginnt

Ganz so einfach, wie sich das vor allem Tassler gewünscht hatte, war das Überqueren der feindlichen Frontstellungen dann doch nicht. Eine kleine Gruppe amerikanischer Soldaten war gerade dabei, einen deutschen Bunker zu überfallen.

Sie waren wohl auf der Suche nach irgendeinem Offizier, den sie gefangen nehmen konnten. Tassler, Stahl und Siel verhinderten jedoch im letzten Moment den Überfall. Es gab ein kurzes Feuergefecht und die Amerikaner zogen sich zurück.

Gleich darauf kam die kleine Truppe des Leutnants bei dem Bunker an. Ein Unteroffizier, der mit seinen Kameraden im Bunker die Front beobachten sollte, bedankte sich für die unerwartete Rettung.

„Hier ist in der Nacht ganz schön was los", meinte Siel. „Diese Amerikaner sind bestimmt auf der Suche nach Informationen. Sie wollen wohl um jeden Preis wissen, ob sie Weihnachten in Ruhe feiern können."

Einige Minuten später kamen sie im Unterstand von Hauptmann Kramer an. Tassler wurde bereits von Sturmbannführer Angerfeld ungeduldig erwartet. Die beiden SS-Männer begrüßten sich, als wären sie alte Freunde. Der Standartenführer bedankte sich noch einmal bei dem Leutnant und dem Feldwebel für die gelungene Rettungsaktion. Dann fuhr er mit Angerfeld zum Hauptquartier von General Dietrich.

„Ich habe General von Manteuffel bereits über Ihren Erfolg informiert", erklärte der Hauptmann als er mit Stahl und Siel allein war. „Doch da gibt es etwas, das Sie wissen sollten. Von der Generalität wird Ihnen das niemand erklären wollen."

Stahl sah Kramer erstaunt an. „Was meinen Sie?", fragte er ihn. „Ist irgendetwas nicht in Ordnung? Gab es etwa Probleme mit der Feldgendarmerie?"

„Dieses Problem hat sich endgültig erledigt", antwortete der Hauptmann. „Angerfeld hat die Sache in die Hand genommen. Major Strecker wird sich nie wieder mit Ihnen anlegen."

„Dann ist doch alles in Ordnung – oder vielleicht doch nicht?", fragte Siel weiter.

„Nicht ganz", antwortete Kramer. „Sie wurden beide über Ihren Auftrag getäuscht. Ich habe zufälligerweise ein Telefongespräch zwischen dem Sturmbannführer und General Dietrich mitbekommen. Tassler war nicht nur hinter den feindlichen Stellungen unterwegs, weil er die Amerikaner ausspionieren wollte. Er hatte den Auftrag, einen bestimmten Offizier zu finden, der von der amerikanischen Regierung als Verhandlungspartner für eine eventuelle Kapitulation an die Front geschickt wurde. Seine Identität ist unklar. Ich weiß nicht, ob Tassler seinen Auftrag erfüllt hat, doch ich weiß, dass Sie beide getäuscht wurden. So etwas gefällt mir nicht."

„Uns gefällt das auch nicht", meinte Stahl nachdenklich. „Ich hatte aber gleich das Gefühl, dass irgendetwas nicht stimmt. Warum sollte man auch einen so hohen SS-Offizier zur Frontaufklärung schicken? Das ergibt keinen Sinn. Ein kleiner Sturmführer hätte auch gereicht."

„Vor einigen Tagen wurde angeblich ein Oberst verhaftet", erklärte Kramer. „Offenbar hatte er den Auftrag, über einen Separatfrieden an der Westfront zu verhandeln. Niemand weiß, wer dahintersteckt. Der Oberst ist jedenfalls tot.

Offiziell ist er bei einem Fliegerangriff ums Leben gekommen. Behalten Sie das allerdings für sich. General von Manteuffel hat mir befohlen, Sie für die nächsten Tage in meine Kompanie zu integrieren. Sie sollen sich nicht bei ihm zurückmelden. Er will Sie bestimmt aus der Schusslinie halten."

„Alles klar, Herr Hauptmann", erwiderte Stahl. „Dann werden wir uns jetzt mal schlafen legen. Essen können wir auch, wenn wir wieder wach sind. Wir sind absolut müde. Haben Sie eine Unterkunft für uns?"

„Ihre Männer haben sich einen Unterstand gebaut", antwortete Kramer. „Der ist gleich links nur einhundert Meter von hier entfernt. Dort finden Sie ihre persönlichen Sachen. Ruhen Sie sich aus."

Als Stahl und Siel bei ihrem Unterstand ankamen, sahen sie sich noch einmal den Himmel an. Er war voller Wolken, sodass sie keinen einzigen Stern entdecken konnten.

„Ich muss immer wieder an die Geschichte mit dem Blut der Ardennen denken", sprach Siel mit einem Lächeln zu Stahl. „Ich glaube, dass es nicht gut ist, wenn wir hier noch einen weiteren Angriff starten."

„Haben Sie Angst, dass der Riese erwacht und sich gegen uns wendet?", fragte der Leutnant.

„Wenn wir angreifen, wird sich auf jeden Fall ein Riese gegen uns wenden", antwortete der Feldwebel. „Und je mehr von seinem Blut in den Ardennen fließt, desto wütender wird er sein."

„Ich weiß, was Sie meinen", sprach Stahl ganz leise. „Dieser Riese wird sich erst beruhigen, wenn Deutschland den Krieg verloren hat."

Drei Stunden später erwachte Stahl, weil ein ohrenbetäubender Lärm ihn weckte. Es waren die Panzer der 5. Panzerarmee des Generals von Manteuffel. Seine fabrikneuen Tiger-Panzer der neuesten Generation fuhren von ihren Bereitschaftsstellungen aus zur Front.

Ein Unteroffizier stürmte in den Unterstand. Er brüllte, so laut er konnte, dass gerade eben eine Offensive begonnen hatte. Stahl sollte mit seiner Truppe den Panzern in den Kampf folgen. Der Befehl kam von Hauptmann Kramer.

Zur gleichen Zeit war Standartenführer Tassler im Hauptquartier von General Dietrich. Er sah sich die vorbereiteten Aufmarschgebiete der deutschen Armeen auf einer Karte an. Neben ihm stand der General.

„Sind Sie sich auch ganz sicher, dass Sie den richtigen Offizier finden konnten?", fragte Dietrich mit ernster Miene. „Wir dürfen uns jetzt keinen Fehler mehr erlauben."

„Seinen Sie unbesorgt", antwortete Tassler mit einem kalten Lächeln. „Dieser Offizier vom amerikanischen CIC ist bestimmt tot."

„Warum haben Sie ihm nicht eine seiner eigenen Spritzen gegeben, als Sie die Möglichkeit dazu hatten?", bohrte Dietrich mit seiner Frage weiter. „Eine tödliche Überdosis von seinem Serum hätte uns einige Sorgen erspart."

„Das ging leider nicht", erklärte der Standartenführer. „Stahl und Siel hätten vielleicht Verdacht geschöpft. Diese Männer sind nicht dumm. Da musste ich vorsichtig sein. Sollte Major Rosenbach trotzdem noch am Leben sein, ist er bestimmt in dem Lager bei Sankt Vith. Außerdem haben Sie doch gehört, was Angerfeld gesagt hat. Der Herr Reichsführer Himmler wünscht nicht, dass irgendjemand auch nur den Hauch eines Verdachtes schöpft."

„Schon gut", sprach der General. „Sie werden mit Ihren Panzern aufbrechen und die gegnerischen Stellungen zerschlagen. Der Führer will, dass wir so schnell wie möglich Antwerpen erreichen. Damit zwingen wir die Alliierten zu einem Frieden an der Westfront und der Plan des CIC, einzelne Truppenteile der Wehrmacht separat zur Aufgabe zu bewegen, ist nach der Einnahme dieser wichtigen Stadt absolut gescheitert."

Tassler war der gleichen Meinung. Er kehrte zu seinem Regiment zurück und gab sofort den Befehl zum Angriff. Jetzt, so hoffte er, würde Deutschland wieder siegen. Das Ziel hieß nun Antwerpen.

Der Standartenführer hatte zum ersten Mal das Kommando über ein ganzes Regiment. Seine Panzer durchbrachen ohne große Mühe die Front. Sie trieben die amerikanischen Soldaten vor sich her. Die neuen Tiger waren so robust, dass ihnen die feindlichen Granaten nicht schaden konnten.

Voller Verzweiflung versuchten die Amerikaner, Widerstand zu leisten. Doch dann mussten sie sich eilig zurückziehen. So schnell es ging, versuchte Tassler vorwärts zu stürmen.

Das versuchte Stahl mit seiner kleinen Truppe ebenfalls. Jetzt kam ihm zu Hilfe, dass er das Gelände sehr gut kannte. Schon nach wenigen Stunden erreichte er mit seinen Männern das Lager bei Sankt Vith. Bisher hatten sich die Amerikaner kämpfend zurückgezogen. Ihre Verluste waren hoch, doch trotzdem wollten sie ausgerechnet bei dem Lager ihre eilig errichten Stellungen verteidigen.

„Herr Leutnant, können Sie mir sagen, warum wir ausgerechnet hier her zurückgekehrt sind?", fragte Siel, als er sich mit seinem Fernglas die notdürftig gebauten Barrikaden vor dem Lager ansah.

„In einer halben Stunde ist ein Reparaturtrupp mit dem Panzer fertig, den wir im Wald zurücklassen mussten", antwortete Stahl. „Dann kommt er hier her. Unsere neuen Panzer haben leider andere Ziele. Doch sobald wir den alten Tiger hier haben, wird er seine Krallen ausfahren."

„Das mit dem Reparaturtrupp haben Sie gut eingefädelt", entgegnete der Feldwebel, „Diese Blechbüchse können wir sehr gut gebrauchen."

„Wir haben den Major Rosenbach und seine zwei Soldaten in der Ruine nicht gefunden. Glauben Sie, dass sie im Lager sind und kämpfen wollen?", fragte der Leutnant jetzt.

„Das weiß ich bereits", entgegnete Siel. Er sah noch immer durch sein Fernglas zu den gegnerischen Stellungen. „Den Major habe ich bereits entdeckt. Er hockt hinter der Barrikade gleich neben dem Granatwerfer. Der Mann hat mehr Mut, als ich ihm zugetraut habe."

Ein leichter Schneefall hatte eingesetzt. Der Wind spielte mit den Flocken. Das schien jedoch nicht weiter zu stören. Die Männer des Leutnants sahen immer wieder hinter den Bäumen des Waldes hervor. Sie wurden langsam nervös. Worauf wartete Stahl nur? Als der Panzer zu hören war, bekamen sie die Antwort. Er überfuhr noch schnell einen weiteren Baum, bevor er wenige Meter hinter Stahl und Siel zum Stehen kam.

„Dass er diesen alten Tiger noch einmal wiedersieht, hätte dieser Major Rosenbach bestimmt nicht gedacht", sprach der Feldwebel. „Jetzt will ich wissen, was die Amis im Lager machen werden. Hoffentlich ist in unserer Blechbüchse noch genügend Munition. Dann können wir es ordentlich krachen lassen."

„Der Unteroffizier, der den Reparaturtrupp anführt, hat reichlich Granaten in einem Kübelwagen mitgenommen", erklärte Stahl. „Jetzt sitzt er mit seinen Kameraden in der alten Kiste und freut sich wie ein Schuljunge, weil er uns helfen kann."

Der Leutnant gab den Männern im Panzer ein Zeichen. Gleich darauf war ein lautes Donnern zu hören. Im Lager schlug eine Granate ein. Sie zerstörte eine Baracke. Gleich darauf krachte es wieder. Jetzt flog die vorderste Barrikade in die Luft. Die Amerikaner erwiderten den Beschuss. Sie feuerten mit allen Waffen, sodass Stahl und seine Soldaten in Deckung gehen mussten. Dabei versuchten die Amerikaner, mit ihrem Granatwerfer den Tiger zu treffen. Die Granaten prallten jedoch an ihm ab, als wären es Gummibälle.

„So knackt man keinen deutschen Panzer", meinte Siel grinsend. „Da können die Amis auch gleich mit Konservenbüchsen werfen."

„Hoffentlich vergessen sie den Büchsenöffner nicht", spottete einer der Soldaten.

Das Maschinengewehr des Tigers knatterte los und der Beschuss der Amerikaner hörte auf. Gleich darauf winkte einer von ihnen mit einem weißen Tuch. Stahl und Siel sahen sich grinsend an.

„Wir wollen verhandeln!“, war plötzlich eine Stimme zu hören, die der Leutnant und der Feldwebel sehr gut kannten. „Sind Sie damit einverstanden?!“

„Das sind wir!“, rief Stahl. „Wir treffen uns in der Mitte, kurz vor den Resten des Tores.“

Der Leutnant band ein weißes Taschentuch an einen Stock und trat hinter einer dicken Eiche hervor, die ihm eben noch als Deckung diente. Er war nicht weiter erstaunt, als Major Rosenbach mit einer weißen Fahne auf ihn zukam.

„Wenn Sie jetzt glauben, dass Sie Ihr Serum zurückbekommen, muss ich Sie leider enttäuschen“, begann der Leutnant das Gespräch. „Das hat der Standartenführer mitgenommen.“

„Ich vermute mal, dass Sie nicht wissen, warum dieser Tassler hinter der Front war“, entgegnete Rosenbach.

„Er hat Sie gesucht“, erklärte Stahl dem erstaunten Major. „Sie sind der Mann, der den Auftrag hatte, einzelne deutsche Einheiten zur Aufgabe zu bewegen.“

„So ist es“, bestätigte Rosenbach. „Leider bin ich mit diesem Auftrag gescheitert. Und mit der Erprobung des Serums komme ich auch nicht mehr weiter. Ich sollte heute eigentlich nach London abreisen. Wir dachten schon, es würde keine Offensive geben. Ihr Deutschen überrascht uns aber immer wieder. Will niemand von euch einsehen, dass ihr diesen Krieg nicht mehr gewinnen könnt?“

„Vielleicht gewinnen wir ja doch noch irgendwie“, meinte Stahl. „Vielleicht verlieren wir aber auch.“

„Na gut, Sie werden bestimmt Ihre Gründe haben, wenn Sie die Hoffnung noch nicht aufgeben wollen", sprach der Major resignierend. „Wir würden uns gern von hier zurückziehen. Ist das möglich, Herr Leutnant? Unsere Verwundeten können Sie ja doch nicht versorgen. Wir haben mehrere Fahrzeuge, die wir sofort beladen können. Dafür lassen wir alles zurück, was für den Transport nicht wichtig ist."

„Das geht in Ordnung", stimmte Stahl zu. „Doch eine Frage habe ich an Sie. Kennen sie die Geschichte, die sich die Einheimischen hier erzählen?"

Der Major schüttelte verwundert den Kopf. Mit dieser Frage hatte er nicht gerechnet. Trotzdem hörte er sich an, was der Leutnant ihm erzählte. Danach waren sie sich beide einig. Hier, in den Ardennen, wurde mit der Offensive so kurz vor dem Weihnachtsfest ein schlafender Riese geweckt und je mehr er blutete, desto wütender würde er kämpfen.

Ende

Ihre Zufriedenheit ist unser Ziel!

Liebe Leser, liebe Leserinnen,

hat Ihnen unser Buch gefallen? Haben Sie Anmerkungen für uns? Kritik? Bitte zögern Sie nicht, uns zu schreiben. Wir werden jede Nachricht persönlich lesen und beantworten.

Schreiben Sie uns: info@ek2-publishing.com

Wussten Sie schon, dass Sie uns dabei unterstützen können, deutsche Militärliteratur sichtbarer zu machen? Bitte nehmen Sie sich einen Moment Zeit und bewerten Sie dieses Buch online. Viele positive Rezensionen führen dazu, dass das Buch mehr Menschen angezeigt wird.

Sie können somit mit wenigen Minuten Zeitaufwand unserem kleinen Familienunternehmen einen großen Gefallen tun. Vielen Dank für Ihre Unterstützung!

PS: In seltenen Fällen kommt ein Buch beschädigt beim Kunden an. Bitte zögern Sie in diesem Fall nicht, uns zu kontaktieren. Selbstverständlich ersetzen wir Ihnen das Buch kostenlos.

Landser im Weltkrieg – „**Weserübung**" erscheint im Monat Oktober als E-Book und Taschenbuch überall, wo es Bücher gibt!

Die Frage einer militärischen Besetzung Norwegens wurde von Seiten der deutschen Marine seit den zwanziger Jahren besprochen.

Anlass für mehrere Planspiele war eine dahingehende Studie des damaligen Vizeadmirals Wolfgang Wegener. Diese besagte unter anderem, dass die seestrategische Lage des 1. Weltkrieges sich durch die Gewinnung der norwegischen Stützpunkte wesentlich gebessert hätte.

Dessen Sohn, welcher 1939 erster Artillerieoffizier auf dem schweren Kreuzer *Admiral Hipper* war, griff die Idee seines Vaters erneut auf und verfasste eine entsprechende Denkschrift.

Die Seekriegsleitung jedoch vertrat seine Ansicht nicht und war überzeugt, dass eine strikte Neutralität Norwegens gewinnbringender sei.

Als sich das politische Klima in Europa in einem deutsch-polnischen Krieg entlud, überreichte die deutsche Reichsregierung demnach bereits am 2. September 1939, noch bevor die englische und französische Kriegserklärung an Deutschland eintraf, in Oslo eine Note. Diese betonte den Willen, die norwegische Neutralität zu wahren. Sie behielt sich jedoch auch eine gewisse Handlungsfreiheit vor, falls eben diese Neutralität von anderen Parteien verletzt werden würde. Sowohl für das Oberkommando der Kriegsmarine als auch für die Seekriegsleitung war letztendlich die Sicherung der Erztransporte über Narvik und nicht die Errichtung von Stützpunkten der Faktor für die Besetzung Norwegens.

Winston Churchill, der ab dem 5. September 1939 wieder Marineminister war, forderte wiederholt und unbeirrt durchgreifende Maßnahmen, um das Deutsche Reich von seiner lebenswichtigen Erzzufuhr abzuschneiden, unter anderem durch ein unter verbrecherischer Missachtung der norwegischen Neutralität durchzuführendes Minenunternehmen nördlich von Bergen. Das britische Kriegskabinett hingegen wollte keinerlei Aktionen starten, bevor nicht ein deutscher Angriff auf Norwegen klar zu erkennen sei.

Das ständige Drängen Churchills, seinen Plänen nachzugeben, machte jedweden Versuch einer Geheimhaltung zunichte. So hatte die Seekriegsleitung seit Oktober Kenntnis von dahingehenden britischen Plänen.

Admiral Canaris gab dem Oberkommandierenden der Kriegsmarine, Großadmiral Erich Raeder Kristiansand, Stavanger und Drontheim als vermutliche Landungsstellen an und der deutsche Marineattaché in Oslo berichtete, dass man auf norwegischer Seite fest mit einer englischen Landung rechne.

LANDSER IM WELTKRIEG
KAUFEN!

Direkt zur Serie:

Keine Neuerscheinung verpassen und gratis E-Book sichern!

Tragen Sie sich in den Newsletter von EK-2 Militär ein, um über aktuelle Angebote und Neuerscheinungen informiert zu werden und an exklusiven Leser-Aktionen teilzunehmen.

Als besonderes Dankeschön erhalten Sie <u>kostenlos</u> das E-Book »Die Weltenkrieg Saga« von Tom Zola. Enthalten sind alle drei Teile der Trilogie.

Link zum Newsletter:

https://ek2-publishing.aweb.page

Über unsere Homepage:

www.ek2-publishing.com

Lernen Sie den neusten Kracher aus dem Hause EK-2-Militär kennen!

Wandeln Sie auf den Spuren des berühmten wie berüchtigten Apachen-Kriegers Geronimo und lassen Sie sich von seiner wechselvollen Lebensgeschichte voller Höhen und Tiefen, Siege und Niederlagen inmitten der Indianerkriege mitreißen.

Eine Veröffentlichung der EK-2 Publishing GmbH

Friedensstraße 12

47228 Duisburg

Registergericht: Duisburg

Handelsregisternummer: HRB 30321

Geschäftsführerin: Monika Münstermann

E-Mail: info@ek2-publishing.com

Homepage: www.ek2-publishing.com

Cover/Umschlag: Kayla Pelgrim

Autor: Jork Steffen Negelen

Lektorat: Heiko Piller

Buchsatz: Heiko Piller

1. Auflage September 2024

Druckhinweis:

Libri Plureos GmbH

Friedensallee 273

22763 Hamburg